天意怜幽草

董乃斌
讲李商隐

董乃斌——著

丛书主编——董伯韬

湖南文艺出版社

CNS PUBLISHING & MEDIA

HUNAN LITERATURE AND ART PUBLISHING HOUSE

图书在版编目（CIP）数据

天意怜幽草：董乃斌讲李商隐 / 董乃斌著. -- 长
沙：湖南文艺出版社，2023.8
（大家讲人文）
ISBN 978-7-5726-0727-1

Ⅰ．①天… Ⅱ．①董… Ⅲ．①李商隐（812—约858）
—唐诗—诗歌研究 Ⅳ．①I207.22

中国版本图书馆CIP数据核字(2022)第155293号

天意怜幽草：董乃斌讲李商隐

TIANYI LIAN YOUCAO：DONG NAIBIN JIANG LI SHANGYIN

著　　者：董乃斌
出 版 人：陈新文
责任编辑：耿会芬
封面设计：Mitaliaume
内文排版：钟灿霞

出版发行：湖南文艺出版社
（长沙市雨花区东二环一段508号 邮编：410014）
网　　址：http://www.hnwy.net
印　　刷：长沙新湘诚印刷有限公司
经　　销：新华书店
开　　本：880mm×1230mm　1/32
印　　张：9.5
字　　数：152千字
版　　次：2023年8月第1版
印　　次：2023年8月第1次印刷
书　　号：ISBN 978-7-5726-0727-1
定　　价：59.80元

（若有质量问题，请直接与本社出版科联系调换）

主编弁语

"往古之时，丛木曰林。"
在一本文集的小引中，海德格尔这样起笔。

他说："林中有路，每入人迹罕至处，是为林中路。"

他叮嘱人们，那些路看似相类实则迥异，只有守林人认得。

由此亦可想见，
认识些诚实的守林人有多幸运。

而幸运自该分享。
于是有了这部丛书。

这是守林人绘就的地图。

带着它们，当可认识林，认识既显且隐的林中路。

董伯韬

二〇二三癸卯芒种将至在上海

目录
Contents

唐宣宗大中五年，公元851年，李商隐四十一[①]岁。

已是他中进士的第十五个年头了。

人生有几个十五年啊！

仕途上毫无起色，从未做过像样的官，更谈不上获得过什么施展才能的机会。倒是做过几位节镇大僚的幕宾，每天忙忙碌碌，无非是草拟公文和来往信件之类文案事务，一个摇笔杆的文字秘书而已。

[①] 李商隐生卒年有三种说法，分别是811，812，813年（唐宪宗元和六年，七年，八年）。本书作者取第一说。

更可悲的，未到中年，却已丧妻。他那恩爱的王氏夫人，就在不久前撒手西去，撇下一男一女两小儿，成了没娘的孤童。而如今，他这个父亲又要远行，去东川节度使幕府任职。谁知这一行又将是多少年月！

什么时候才能回到长安，那日思夜想的巍峨都城？

临行前，他来到洛阳崇让宅岳丈家，向妻兄弟辞别，孩子也需要安置。

崇让宅，爱妻王氏的老家，这里有他们多少甜蜜的回忆。

这些日子里，难怪总是心潮难平，欲哭无泪。写了几首诗，稍好一些，可还是难以安宁。

行期已定，不日就要登程。秋雨蒙蒙，他独自在宅院回廊里徘徊蹀躞。妻子王氏的音容笑貌萦回于脑际，忽又被未来日子的茫然悬想代替……

一个偶然的瞥望，他突然发现，院子里那棵紫薇，竟然开得繁花一片，秋日微雨飘洒在花朵上，聚成的水珠像无声下滴的清泪！

他忍不住有话要对它说。

诗思沛然涌起，诗句很快吟成，而上文所述的一切，便是他虽未写入诗中却不可不知的"诗外之事"①。诗云：

> 一树秾姿独看来，秋庭暮雨类轻埃。
>
> 不先摇落应为有，已欲别离休更开！
>
> 桃绶含情依露井，柳绵相忆隔章台。
>
> 天涯地角同荣谢，岂要移根上苑栽？

题曰《临发崇让宅紫薇》，一首格律谨严的仄起式七律，所押韵部在《广韵》中属"咍"部，后世通用的平水韵中属"上平十灰"，念起来的感觉偏于忧郁低沉。

我们就从这首诗说起。

首句写实，说的是那一树繁花，今天只有我李商隐一个人独自在看（从前曾是"双看"的）。

这首诗可以说是作者与紫薇树的对话——我们不妨试着这样来看。作者／抒情人先说道：你高大的紫薇树啊，在秋天庭

---

① 西方叙事学对抒情诗的分析把世上一切事情，包括诗人心中所想，合称为"各种发生之事""一系列发生之事"（happenings），作者的叙述对其加以调节，乃成叙事文。抒情诗亦与之有关。请参谭君强译《抒情诗叙事学分析：16—20世纪英诗研究》的《导论》，第2页，北京师范大学出版社2020年版。而"事"分诗内诗外，则是中国诗歌叙事学的试创。

中的细雨中盛开着，满树繁花那么秾丽，你是开给我一个人看的吗？

紫薇倾听，无语沉默。诗人充满感情地又说：我知道，你不肯早早让花瓣摇落，那是因为你对我有情（"应为有"，把"情"字歇后掉了）。可是，接下来情绪陡转，竟来了一句：我马上就要离去，你也就别再继续开放啦！此话似用命令口气，言外之意是，你的花如此秾艳美丽，我会留恋不舍的，但我能够不离去吗？既然分别在即，你又何必如此盛开！诗人仗着与紫薇的熟稔友好，态度竟有点蛮不讲理呢。李商隐常喜用这种看似无理的语调来表达强烈的感情。比如同是这几天所做的《七月二十九日崇让宅宴作》诗里，便有这样的话："浮世本来多聚散，红蕖何事亦离披！"前一句说得通达，"聚散"二字偏重于"散"字，聚欢散悲，这是常情。后一句却颇不讲理：池塘里荷蕖枯萎凋零，那是因为秋天到了，诗人却嗔怪它，人们要分手，已经够难过，你荷花干吗偏在这时也来"离披"添悲呢？问得好没道理。然而，这样说话或许正是诗人的一种特权？要这样说才能充分表达诗人的心情，才能算诗？值得仔细玩味。

再看下一联又是谁的话呢？诗人已说四句，紫薇该开口了。如果把这两句理解为紫薇所说，那么显然是在宽慰即将远行的诗人：哦，可不只是我一个怜惜你啊，瞧，那依傍着露井的桃花对你含情脉脉，被章台街隔开的柳枝对你相忆难舍，它们跟我一样，都会时时念想着你呵。

紫薇的温言感动了诗人，他发自内心地回应道：哪怕走到天涯海角，我和你们同荣同枯心心相印，能够如此，我们又何必想着高攀，想着移根于上苑呢！这一刻，李商隐几乎抛却了即将远离京洛的苦恼。

李商隐是把紫薇当作自己的心灵之友了。

其实，不单是紫薇，林林总总、千姿百媚的花卉草木，从来都是李商隐的贴心知己和对话伙伴。诗人在对花草林木的歌咏赞美和种种诉说中，宣泄着满腔的诗情和才华，也袒露着他丰富优美的心灵世界。

我们的讲述，就从这里开始吧。

第一辑

第一章

李商隐，诗神的宠儿

　　作为一个现实的人，李商隐是晚唐社会中一个怀才不遇的知识分子，一个半生漂泊于各大节镇幕府中靠卖文为生的"下僚"，其政治地位是卑微的、悲剧性的。可是，艰难困苦和备受驱使、压抑的生活不但未能扼杀，相反却锤炼了他的艺术才能，从而玉成了他精湛高超的诗歌艺术。于是，作为一个历史的人，李商隐便成为中国诗歌史上杰出而光辉的存在，李商隐受到现实政治生活的冷遇甚至遗弃，却获得了诗神的垂青和宠爱，他的生命不是以一个普通官员而是以一个优秀诗人的方式而存在，他的人生价值也不在前者而在后者。应该说这是

"得"远过于"失"的一种补偿，是寓于不幸中的一种大幸。魏文帝曹丕《典论·论文》有云："文章，经国之大业，不朽之盛事。年寿有时而尽，荣乐止乎其身，二者必至之常期，未若文章之无穷。是以古之作者，寄身于翰墨，见意于篇籍，不假良史之辞，不托飞驰之势，而声名自传于后。"从李商隐的历史命运来看，这句话中的"文章"，其实应该包括诗歌乃至一切真正的文学艺术在内。李商隐自己对此似乎亦持清醒而肯定的看法，所以在晚年反思并总结平生时写道："俗态虽多累，仙标发近狂。声名佳句在，身世玉琴张。"（《崇让宅东亭醉后沔然有作》）

我们说李商隐是诗神的宠儿，当然纯系比喻。所谓"诗神"，无论是九位缪斯女神，或者与造型艺术、音乐艺术关系密切的大神阿波罗和狄奥尼索斯，本来都是从古希腊神话进入西方文艺学领域，代表着外在于诗人、歌手等艺术家，但能够给他们以灵感与才华的神奇力量。中国的文学理论中，并没有从原始神话诸神变化而来司诗歌、艺术与美的神灵，中国诗学也从不认为诗人的灵感存在于他们自身以外。如果要说在中国古人的观念中，也有类似的诗神概念，那么，在他们看来，这诗神就存在于人的心中，在人灵魂的深处。《礼记·乐记》说："凡音之起，由人心生也"，"凡音者，生人心者也。情动于中，故形于声；声成文，谓之音"。一再强调"人心"是音乐赖以产生的基础。这个"人心"之所以会"动"，是由于它对于外物的刺激有感受和反应能力。外界事物是无时不在、无处不在的，但外物的刺激只对具有"诗心"者才起作用。这"诗心"在古人看来，便该是蕴于人心中的诗神。所以，中国人宁可强调"养气""积学""内省"之类自我修炼功夫，以便做到"诚于中而秀于外"，却不像古希腊人那样由于崇拜外在于人的缪斯，遂到处去建立奉祀诗神的缪斯庙。当然这种不同是相对的。西方古代并非没有重视诗人创作内在动力的理论；而恰恰因为中国传统的诗学观念特别重视主体在创作过程中的能动作用，强调以我为主的"物我一致"，强调内心体验（情）驾驭和改造之下的情境交融和统一，所以与西方近现代的某些文论派别，如精神分析文评和现象学文评，实际上便可以有所沟通。正因为如此，所以钱锺书先生在《诗可以怨》的题目下，提到弗洛伊德的有名理论："在实际生活里不能满足欲望的人，死了心作退一步想，创造出文艺来，起一种替代品的功用，借幻想来过瘾。"并指出这个理论在钟嵘《诗品序》的"使穷贱易安，幽居靡闷，莫尚于诗"三句话中已"稍露端倪""似曾相识"，因此"在某一点上，钟嵘和弗洛伊德可以对话"①。

李商隐的内心世界异常敏感、异常丰富，就像灵敏度极高的测试仪器，任何生活的微风都可以引起它的波动，在它的刻度盘上留下痕迹。同时，李商隐又是一位语言大师、一位诗歌韵律大师，因此可以准确而精彩地把心灵的波动转换成一系列语象——用语言显示的意象，转换成韵律和谐、语言优美的诗篇。敏于感受而又精于表达，这就是他能够成为诗神宠儿的主要根据。

结集李商隐全部诗作的《玉谿生诗集》不是作者生前所自编；不像四六文，曾经他本人两次编集为《樊南甲集》《樊南乙集》，各二十卷。但是有趣的是，我们今日所能看到的樊南文数量已不到其《自序》所说的一半，且早已不是原编面目。②而《诗集》据《新唐书·艺文志》所载是三卷，大约是宋人所梓行，传至今日仍有六百首之多，倒好像与初本无大变动。③文的大量散佚，诗的保存完好，也许有种种原因，但似也悄悄透露出义山诗

---

① 钱锺书《诗可以怨》，见《七缀集》，上海古籍出版社，1985 年版，第 106 页。

② 据李商隐《樊南甲集》《樊南乙集》的《自序》，义山文应共八百三十三篇。现见于冯浩《樊南文集详注》（八卷）、钱振伦兄弟《樊南文集补编》（十二卷）二书的，仅共三百五十篇。

③ 参万曼《唐集叙录》，中华书局，1980 年版。

文何者更受后世读者的欢迎。

对于李商隐的六百首诗作，古人是按体分类的。收入《四部丛刊》的明嘉靖刊本是现存较早的一个版本，即将其分为五言古诗、七言古诗、五言律诗、七言律诗、五言绝句和七言绝句六个部分。清人姚培谦《李义山诗集笺注》、屈复《玉谿生诗意》分类与之相同。今人则往往按诗的内容分类，如将其分为政治诗、爱情诗（包括艳情诗）、感怀诗、咏物诗、咏史诗等。而作为义山诗中的一种特殊品种无题诗，又因其标题之形式而被单划作一类。

一切的分类都是人为的。特别是对于像诗文这种人文产品的分类，都是研究者出于某种需要，根据某种原则作出。因此，分类固然必要，但任何分类都不应绝对化。我认为，前此人们对义山诗的分类，均各有其理由。但本书拟从另一角度研究李商隐，着重点是在诗人主观世界的分析透视方面。由于我对历来文学创作的基本倾向持两分法，即认为文学创作之运行，每每凭依表现主观和反映客观两轨。因此，对于李商隐诗，也不能不按此原则进行重新归类。

有些诗是容易归类的。《富平少侯》《隋师东》《行次西郊作一百韵》等，很显然主要是反映客观之作。因为诗的主要内容属于客观性的社会现象，在表达上它们比较平直质朴，明白易解，因此较少产生歧见。其功能则主要在于反映，在于外向性的讽谏。从实际效果和读者反应来看，这一类诗作具有较高的认识价值和史料价值。而像《初食笋呈座中》《柳枝五首》《回中牡丹为雨所败二首》《安定城楼》《夜雨寄北》《锦瑟》等，则属于表现主观之作。它们当然不能不涉及一定的情事、一定的外物，正如前一类诗虽以反映客观为主，但既是诗人有感而发，就不能不带上独特的感情色彩；然而就总体和实质而言，这一类诗绝非以反映情事和外物为其目标，它们的主旨是表现诗人主观心灵世界的波荡，其特点是内向性的诉说。内向性的，也就是诉诸自己心灵的。因而这种诉说，又必然不屑于叙述过程，不斤斤于刻镂外物的形貌，而更多地致力于描绘情感的色彩和强度，因而更接近于音乐空灵而抽象的特质。对于读者，它们的主要作用是唤起感性经验而不是介绍情况、给予知识（当然不排除读者在研读过程中产生从感性直觉到知性理解到理性认识的飞跃）。这一类作品也有史料价值和认识价值，但更重要的是它们陶冶性灵的审美价值。

但是，也有一些诗既具有较鲜明的反映客观的特征，又具有较强烈的表现主观的色彩，因而介于两者之间，难以截然区分。而且属于这一类的，有许多是义山的名诗，如《燕台诗》《河内诗》《河阳诗》以及不少《无题》诗（如"昨夜星辰昨夜风""来是空言去绝踪"等）。这些诗中有较多的客观性描述，有作者本人以外的人物和情事，甚至令人读来感到仿佛藏有某些故事情节，而不完全是作者的感情自诉。如此说来，似乎应当将它们列入"反映客观"之列。许多前人正是从这个角度来研究它们的，为了说明这些诗究竟写了些什么人物、什么故事，做了许多考证，甚至不惜牵强附会、无中生有地编排出一些与诗人有关的轶事来。可是，不管历代研究者如何用功，到底无法将诗中所叙之事真正复原并落实下来，到底只能把论析停留在连自己也不敢全信的猜测与臆断上。对于这一类诗，笔者以为应当采取实事求是和因事制宜的态度。也就是说，承认这类诗具有独特的模糊性，从而把研究的注意力主要放在探讨这类诗所表现的诗人心灵波动上，而不必孜孜以求地去考证它们所可能包含的真实故事。我们不否认这类诗的背后也许存在着某件事实，或诗人的某一段经历，但是诗人自己既无意把它原原本本地讲述出来（要知道李商隐并不是不能这样做），我们又何必去作事倍功半的猜测呢？我们真正感兴趣的不是诗人的心灵世界及其波动吗？

在李商隐六百首诗中，本来就是表现主观的多，反映客观的少，再加上这一部分属于"两栖"性质而被我们着重从表现主观方面来研讨的，前者的总量就更多了。这正和我们对李商隐的总体看法一致。他确实不是一个以反映客观为擅长的作家。在中晚唐时代，一个作家倘想着重反映社会现实而又足够明智的话，当时已有新型的、更方便的文学样式可供其采用，而凡坚持在诗歌园地耕耘的，就不能不同时坚持侧重于表现主观。倘若不愿另操新的器械，却一定要违悖文学样式的艺术规范，让诗担负其不能胜任的职责，犹如让一部一定功率的机器进行超负荷运转，那么虽然费力不小，却总是难以成功，甚至要导致失败。中唐时的新乐府运动已经积累了够多的经验教训。从李商隐的诗歌创作实践来看，他是深深懂得这一点的。统观李商隐的全部诗作，他实在是一位内蕴创造力非常丰富的"白日梦者"。他的许多诗作，甚至是大部分诗作，所表现的都是他的梦想，这些诗就是他心造幻影的记录。

一提到"白日梦"，便使人想起精神分析学的创始人弗洛伊德。不错，弗洛伊德确实是把诗人称作"白日梦者"的创始人，而且创造了一整套用深层心理学理论释梦的技术。但是，文学艺术乃至宗教、哲学与梦的关系却并不是因为有了弗洛伊德的学说才开始存在的。

　　梦作为人类感情和心理活动的一种现象，自古以来就已引起人们的关注。在中国就有见诸文献的大量记载。例如孔子曾经不止一次地梦见过他理想的政治典范周公，临终前还哀叹："久矣，我不复梦见周公。"庄周则曾经梦见自己化成了蝴蝶，栩栩然飞着，由此引出一个深刻的哲学命题：究竟什么是虚无（假象）？什么是实在？至于《左传》《国语》《史记》之类史书中记载的各个国君、帝王、大夫的梦境以及对梦境的种种解释，更是多不胜数。在中国的历代文学中，写梦、记梦、述梦之作可谓层出不穷。宋玉《神女斌》《高唐赋》描绘的楚襄王会见巫山神女之梦（所谓"襄王梦""高唐梦"）已成诗歌熟典。唐代文学中的"黄粱梦""邯郸梦""南柯梦""槐安梦"更是众所周知。李商隐崇敬的前辈作家沈亚之以及白行简等，均有专门记梦的传奇作品问世，而李商隐也不愧为一个写梦的大师。《七月二十八日夜与王郑二秀才听雨后梦作》，就是李商隐写"白日梦"的一首名作：

　　　　初梦龙宫宝焰然，瑞霞明丽满晴天。

　　　　旋成醉倚蓬莱树，有个仙人拍我肩。

少顷远闻吹细管，闻声不见隔飞烟。

逡巡又过潇湘雨，雨打湘灵五十弦。

瞥见冯夷殊怅望，鲛绡休卖海为田。

亦逢毛女无惨极，龙伯擎将华岳莲。

恍惚无倪明又暗，低迷不已断还连。

觉来正是平阶雨，独背寒灯枕手眠。

　　这首诗从入梦之初到悠悠醒来，极精炼而准确地表现了"梦中时间"的流逝和"梦中情境"的转换，其中既有实时情景的逆象（下雨变成了晴天），也有实时情景所引起的错觉（雨声变成管吹之声）和幻觉（真实雨声变成潇湘雨），更有现实生活的变形象征和内心复杂纠结的感情的具象表现。[①]总之，这个梦境从最初的瑰丽、热烈、炫目转而为凄清、悲凉、孤寂，是何等的惊心动魄！我们的古人早在弗洛伊德创设释梦技术和精神分析理论之前，就认识到这首诗所写的梦境，其实是一种富于现实性的象征，是李商隐对于自己身世遭际的一种人为幻化，所表

---

① 所谓"现实生活的变形象征"，指作者将官场所见和官场际遇在诗中变幻为龙宫宝焰、倚蓬莱树、仙人拍肩、瞥见冯夷、又逢毛女之类。而殊怅望、无惨极、低迷不已、龙伯擎华岳莲等，则是李商隐内心焦虑和复杂情感的具象表现。

现的主要是他在政治生活中积郁的压抑感。因此，这诗便是这种压抑感的宣泄，是他灵魂的挣扎和呼号，也是他的理想和愿望在幻梦境界中一定程度的实现。请看，何焯批曰："述梦即所以自寓。"① 冯浩笺解此诗，曰："假梦境之变幻，喻身世之遭逢也。"② 接下去他对全诗作了逐句解释：

首二句比宫阙之美富（秘书省在宫城之内）；

三四比为秘省清资（义山开成四年，即839年被授秘书省校书郎）"仙人"指注拟之天官（即任命官职的吏部）；

五六比外斥为尉（义山任校书郎不久，即改调弘农尉）；

七八指湘中之游（指开成五年义山辞尉任南游江湘）；

九似以冯夷比杨嗣复（杨时任潭州刺史）；

十喻又有变更，我无所依（杨嗣复由潭州贬潮州，商隐离湘北归）；

十一、十二谓得见意中之人，而终不可攀；

十三、十四虚写总结。

冯浩解诗向有过于坐实、牵强之弊，对此诗的解释亦难以避免，唯末四句较为空灵。但是，他的解释，特别是前十句却基

① 沈厚塽《李义山诗集辑评》卷上，清同治九年广州倅署刻本。
② 冯浩《玉谿生诗集笺注》卷一，上海古籍出版社，1979年版。

本上得到公认。这就是说，基本上大家都承认：所谓"听雨后梦作"，其实乃是对于现实生活的变形与象征。诗人创造的这个幻象世界中，人物与景致都是有所指的。它们是生活的影子，但影子的背后则是客观存在的实体。而诗人之所以做这个梦和以这个梦入诗，乃是以一个同源的潜意识（由生活中的受压抑和意识中的反压抑所造成）为动力的。如此说来，我们古人对这首诗的分析阐释岂不是跟弗洛伊德对梦的解析和对文学作品的阐释在精神上颇有近似、相通之处吗？所不同的只是弗洛伊德把梦与文学创作的动力源归结为以人类的性本能为基础的力比多，而我们的古人则把这与现实的政治压抑相联系而已。

需要说明，上面的分析并无拿我国古人的诗评文论与二十世纪的国际显学攀比之意，也并不是出于"万物皆备于我""一切皆我古已有之"的阿Q式自大妄想，仅仅是因为事实如此，是因为两者之间虽有思想体系的种种区别而在具体分析上确有类似与相通之处，因而不能不为之指出。

正式在题目上标明写梦的，除了《七月二十八日夜与王郑二秀才听雨后梦作》之外，还有一首七绝《梦令狐学士》，是纪念李商隐年轻时的恩师令狐楚的。但是在诗中实际上写到梦与梦境的就多了，根据笔者粗略统计，直接点明者即大约有七十多处。这些梦，按其内容大致可分为几类。

一类是青春之梦、爱情之梦。商隐少作《燕台诗·春》中写到一位独居卧斋的男子，有"映帘梦断闻残语"之句，此处被打断的梦，便该是他的绮梦。绮梦被打断，喻爱情的愿望无从实现。《晓起》诗中的"梦好更寻难"，《乐游原》诗中的"春梦乱不记"以及其他诗中的"阳台梦"（《夜思》："古有阳台梦，今多下蔡倡。"）、"云雨梦"（《少年》："别馆觉来云雨梦，后门归去蕙兰丛。"）、"神女梦"（《无题》："神女生涯原是梦。"）、"高唐梦"（《岳阳楼》："如何一梦高唐雨，自此无心入武关？"）、"襄王梦"或"荆王梦"（《过楚宫》："微生尽恋人间乐，只有襄王忆梦中。"《代元城吴令暗为答》："荆王枕上元无梦，莫枉阳台一片云。"）、"风流梦"（《闺情》："春窗一觉风流梦，却是同袍不得知。"）都属于这一类。这些有"梦"字出现的爱情诗之风情格调，恰恰可以有力地旁证风情格调与之相类相同的另一批爱情诗，例如《河阳诗》《河内诗》《银河吹笙》《碧城三首》《一片》《壬申七夕》《圣女祠》（"松篁台殿蕙香帏"）以及诸多《无题》诗等等，大抵也是写爱情之梦或梦幻中的爱情之作。

另一类是诗人的理想之梦。《街西池馆》中提到的"太守三刀梦"，用的是西晋王濬之典："濬夜梦悬三刀于卧屋梁上，须臾又益一刀，濬惊觉，意甚恶之。主簿李毅再拜贺曰：'三刀为州字，又益一者，明府将临益州乎……'果迁濬为益州刺史。"[1]这诗虽是在赞许别人，却暗暗透露了诗人自己的抱负：他多么渴望有像王濬那样建功立业的机会啊！正因为这样，他在令狐楚门下学得了今文章奏的技巧之后才会忍不住地欢呼："我是梦中传彩笔，欲书花叶寄朝云"（《牡丹》），也才会萌生"十年长梦采华芝"（《东还》）的奢望。而到晚年，眼看一生虚度，志向成空，遂有《锦瑟》那样极端凄清悲凉之作，其诗末云："此情可待成追忆？只是当时已惘然！"这里的"情"，内容固然极为复杂，但其主要成分当是诗人执着的理想抱负，而且这两句不就是对于梦幻感和破灭感的极好描绘吗？这就又使它与下面将要讲到的另一类梦有了联系。

还有一类与诗人平生四处作幕、漂泊颠沛的生涯关系密切，是始终萦回于诗人心灵和脑际的思乡之梦、归家之梦。义山诗写此梦者数量最多，而梦的大量存在正说明梦想的未能实现，所以凡写此梦者，情调无不缠绵悱恻而凄怆感伤。

大中初年，义山桂海府罢返回家，途中所作《归墅》诗表现

---

[1] （唐）房玄龄等编：《晋书·王濬传》，中华书局，1974年版。

了游子返乡的狂喜："行李逾南极，旬时到旧乡。楚芝应遍紫，邓橘未全黄。渠浊村春急，旗高社酒香。故山归梦喜，先入读书堂。"然而这种狂喜，不正是离家外出的次数多、时间长所造成的吗？在义山诗中，更多的是写"归期过旧岁，旅梦绕残更"（《五言述德抒情诗一首四十韵献上杜七兄仆射相公》）的苦况，是写"京华他夜梦，好好寄云波"（《西溪》）、"星汉秋方会，关河梦几还"（《戏赠张书记》）的忧思。而在对家人的思念之中，这种深沉的悲苦就表现得更充分了。于是我们便见到"梦为远别啼难唤，书被催成墨未浓（《无题四首》之一）、"远路应悲春晼晚，残宵犹得梦依稀"（《春雨》）、"悠扬归梦惟灯见，濩落生涯独酒知"（《七月二十九日崇让宅宴作》）、"远书归梦两悠悠，只有空床敌素秋"（《端居》）这样凝聚着无限悲凄之情的写梦之作。

最后，更有一类是表现对人生的彻悟而倾向于皈依宗教的梦。所谓"顾我有怀同大梦"（《十字水期韦潘侍御同年不至时韦寓居水次故郭汾宁宅》）、所谓"庄生晓梦迷蝴蝶"（《锦瑟》）即寓人生如梦之意。所谓"炎方忆初地，频梦碧琉璃"（《五月六日夜忆往岁秋与澈师同宿》）和"时梦西山老病僧"（《题白石莲华寄楚公》）等等，则与信佛有关，也都是义山诗中常见的话头。

除了这四大类以外，由于李商隐对于梦的偏爱，所以他常把一些美丽的事物、美好的情感与"梦"字联系起来。例如，他在《重过圣女祠》诗中把春日的蒙蒙细雨称为"梦雨"，有"一春梦雨常飘瓦，尽日灵风不满旗"这样令人过目难忘的诗句。他在《摇落》诗中写因"伤年"和"念远"所引起的忐忑彷徨情绪，便用"水亭吟断续，月幌梦飞沉"之句来形容和象征。月幌在梦境中时而飞扬、时而垂落的意象，可以说，把一种几乎无法状写的心绪变成了鲜明可见的具象，把诗人心旌飘摇无主的状态写活了。而义山诗中的"幽梦"一词，往往就是美好愿望的代词，像难以实现的"重衾幽梦"（见《银河吹笙》）、如友人互约"忘机"的"私书幽梦"等等。

不仅诗题或诗面出现"梦"字的作品是在写梦或与梦有关；如果以这类作品为参照，那么许多表面并非写梦的作品，其实也可以认为是"白日梦"的一种表现。例如《无题》中的一首：

昨夜星辰昨夜风，画楼西畔桂堂东。

身无彩凤双飞翼，心有灵犀一点通。

隔座送钩春酒暖，分曹射覆蜡灯红。

嗟余听鼓应官去，走马兰台类转蓬。

　　这首诗一开始就一连用了两个"昨夜"，明确表示它是回忆之作。而回忆，正是梦的一种本质和一种形式。反复吟味本诗，我们不妨将全诗理解成是在忆写梦境（而梦境又是现实的幻化，是无数次现实刺激的变形和象征）。再看这首诗所写的地点、环境、热烈而喧闹的气氛、作者本人在此环境中的自外感、压抑感和最后的怅然离去，与前面谈到的《七月二十八日夜与王郑二秀才听雨后梦作》可以说十分相似。"画楼西畔桂堂东"，不是跟燃烧着"宝焰"、飘浮着奇香的"龙宫"一样，都是影指着宫阙紫禁吗？当中两联所写的宫中欢宴情况则与"旋成醉倚蓬莱树，有个仙人拍我肩"相似，是义山在秘书省观察到和感受到的现实的幻化表现。义山一生曾三入秘书省，其中两次在会昌年间。这时朝廷由李德裕掌权，牛李党争因又一次起伏而愈益深化激烈，朝中许多官员存有党派门户之见，但表面上看来却又那样从容愉快，互相之间仿佛毫无芥蒂甚至心心相印、胶固如漆。他们永远兴高采烈地生活，饱啖佳肴，痛饮美酒，酒足饭饱之后自有各种寻欢作乐的活动（在诗中幻化为"送钩""射覆"之类游戏），简直不知人间有"忧愁"二字。但是，我们诗人的心情却跟他们不一样，总感到格格不入、落落寡合。虽然只是因为他在秘阁（即兰台）任职，所以才有机会参与并观察到这样的宴集，可是对于他来说，"走马兰台"于实现理想丝毫无补，实在同蓬草被卷奔于原野没有什么分别。很显然，这首诗是现实生活作用于诗人心灵后产生的虚幻表现。作为诗人心中一个"隐梦"的文字显现，它的真实性只在于诗的字里行间所倾注的感情，而不在于它所描写的那些细节。正如梦境是经过浓缩、化装和移置作用加工的潜意识，它虽是醒时心理活动的剩余，却并不是现实的再现，而是关于现实的幻想表现一样。①

　　以回忆为基础的诗篇，如诸首《无题》诗以及《昨日》《九日》《正月崇让宅》《春雨》《锦瑟》《念远》之类篇章，是"白日梦"。像《夜雨寄北》这样的表现指向未来的幻想的诗，同样是"白日梦"。甚至像《安定城楼》《二月二日》《梓州罢吟寄同舍》这种即景抒怀之作，也不是不包含着"白日梦"。梦并不是什么神秘的、不可解释的东西；梦也并不因为曾被弗洛伊德归结为"性压抑"的隐晦表现而失去尊严。梦是与人类的意识与潜意识密切相伴的一种心理现象，一种精神状态。它以变形、想象、象征、隐喻、影指、幻化等方式曲折地映射客观现

---

① 参阅弗洛伊德《精神分析引论》，商务印书馆，1984年版。

实，表现主观心灵，从而与文学艺术发生这样那样的瓜葛，并成为像李商隐这样的主观诗人诗心的主宰。扩大一点，甚至可以说，没有各色各样的梦想，不体验各色各样的梦境，不善于写出种种梦的感觉，就没有诗人。在诗人与卓越的梦想者之间画一等号，显然并不是不可理解的事。法国现代象征主义诗人保尔·瓦莱里提倡"纯诗"，他认为这种诗的语言应当使它要表现的形象、事物过程达到"音乐化"，从而让读者"感觉到一个世界的幻象并与之共鸣共振"，进而指出："这样解释以后，诗的世界就与梦境很相似，至少与某些梦所产生的境界很相似。"[①] 而我们的李商隐确实就可以说是由他自己的白日梦所育成的一代诗宗。

① [法]保罗·瓦莱里《纯诗》，转引自伍蠡甫主编《现代西方文论选》，上海译文出版社，1983 年版，第 27 页。

第二章

玉谿诗，优良的史镜

在中国人的传统文化观点中，"史"的地位向来高于"文"。虽然"史"也是一种"文"，无"文"则无"史"，但史著在持传统文化观念的人眼中，毕竟贵于文艺之文。三国魏荀勖初次将古今书籍文章分为四部，将史著列为丙部。到东晋李充重分四部，就确定了经、史、子、集的次序，史著的地位晋升了，文学作品则仍居末位。从此以后直到清代编辑《四库全书》，文学作品在目录书中的位置均为殿军。《四库全书总目提要》于各部前均有《总叙》，简述本部性质及学术流别。其于经部曰："盖经者非他，天下之公理而已。"于史部之功用，则曰："圣人观其始末，得其是非，而后能定以一字之褒贬。"而于文学作品总汇的集部，虽也肯定其"典册高文，清词丽句，亦未尝不高标独秀，挺出邓林"，但却不乏"浮华易歇""词场恩怨，亘古如斯""倚声末技，分派诗歌，其间周、柳、苏、辛亦递争轨辙，然其得其失，不足重轻""文人词瀚，所争者名誉而已"之类贬义显然的评语。中国古人有"六经皆史"的说法，至清人章学诚而鼓吹尤力。这就将"史"提升到与录载圣人之言的"经"相提并论的地位上来了。从这一点出发，有的史论家提出文人不宜预修国史的观点。唐朝的刘知几和清朝的章学诚就是两个代表。反过来，倘若有哪一位作家的文学作品竟被誉为达到了"史"的水平，那就是对它的极高评价。所以《新唐书·杜甫传赞》接受孟棨《本事诗》的说法，承认时人对杜甫诗堪称"诗史"的评论，可以说是史家对杜诗的崇高礼赞。延至后代，凡欲肯定某人的诗作，也往往以是否达到"诗史"水平作为衡量标准。"以诗证史"和"以史评诗"成为文学研究中两个不可分割的重要方法。

把文学作品当作历史生活的镜子，力求从文学作品中看到历史的曲折反映，这是一种影响广泛的"期待视野"。事实上，文学作品不但能够反映历史事实，而且能够反映生活于历史中的人们的心态，正如钱锺书先生所论；"阳明（王守仁）仅知经之可以示法，实斋（章学诚）仅识经之为政典，龚定庵（自珍）《古史钩沉论》仅道诸子之出于史，概不知若经若子若集皆精神之蜕迹，心理之征存，综一代典，莫非史焉，岂特六经而已哉！"[1] "一代典籍莫非史存"的观点，无疑是可取的。

拿这个观点来看李商隐诗，我认为它不愧为一面优良的史镜。前节说过，义山诗有侧重反映客观与侧重表现主观两类。前一类较多反映晚唐社会的历史面貌，后一类则主要反映以作者为代表的中下层知识分子的心态，两者结合便相当全面并深刻地反映了中晚唐（自唐宪宗元和年间至唐宣宗大中年间）的社会矛盾和历史。下面试分别论述之。

一、人民生活的投影

李商隐的诗笔直接写到民众生活的不多，但数量的稀少难掩其质量的精纯。他的这一类作品具体生动地反映了当时人民

---

[1] 请参钱锺书《谈艺录》（补订本）"附说二十"，中华书局，1984年版。并参仓修良《章学诚和〈文史通义〉》第四章第七节，中华书局，1984年版。

生活极端贫困、濒于绝境，唐政权内部矛盾重重、危机四伏的现实状况，从而也就反映出他的那个时代的某些方面。

首先要举出来的是《行次西郊作一百韵》这首长诗。这是李商隐诗集中现存的唯一一首叙事性最强、对生活描绘得最具体最细致的作品。它作于唐文宗开成二年（837）。这年春天，李商隐刚刚考取进士，秋天赴兴元（今陕西汉中）为令狐楚起草《遗表》。冬初，与令狐家人奉楚之灵柩由兴元返回长安，在长安西郊的凤翔府有所见闻，写下此诗。解放以后的多种文学史和唐诗选本对此诗都有详细的讲解和分析。在一些论述李商隐政治思想及作品评价的单篇论文中，也无不提及此诗，甚至有人着专文加以述评。几乎所有论者都一致高度评价这首诗的思想意义和历史价值。

商隐这首诗，很明显地是想师法杜甫，继承他"以诗为史"的创作精神。这从诗的一开头"蛇年建丑月，我自梁还秦"对杜甫《北征》"皇帝二载秋，闰八月初吉"句式的模仿就能看出。以下，全诗的布局、描述、铺叙、对话、起承跌宕以至议论感慨也处处使人感到它具有杜诗沉郁恢诡、力求忠于现实的特色。

用诗歌来叙写时事，有意识地"以诗为史"，在创作中明确地提出干预现实的态度，在唐代，应该归功于杜甫、元稹、白居易的努力。杜甫的许多"即事名篇，无复倚傍"的歌行，元稹、白居易那些"一吟悲一事"的新乐府，确实用文学的形式给中唐历史留下了真实、具体而可信的见证。他们的创作成就，把诗歌反映社会现实的效能提到了史无前例的高度。

李商隐的诗风总的说来与以元、白为代表的现实主义诗派不同。但《行次西郊作一百韵》的创作，表明他又曾受到过这一诗派的影响。这首诗至少反映出晚唐社会这样几个重要方面：农村凋敝残破的情景；安史之乱以来藩镇割据、军阀混战、宦官专政、皇帝昏庸、外族凭陵等一系列严重的社会问题；从中央到地方吏治腐败的情况，以及"官逼民反"现象的萌生；以诗人为代表的知识分子阶层对现实的强烈不满和危机感，以及他们一面希望朝廷吸取经验教训，以摆脱困境，一面对前途悲观失望的复杂情绪。总之，它所涉及的社会生活范围相当广泛，它对现实的反映是深刻有力的，感情是强烈而痛切的，而且鲜明地打着时代的烙印。它和《秦中吟》、新乐府最大的不同，是由前人对弊政的热骂变成了他对当权者的冷嘲。和杜甫对唐王朝衷心的热切期待相比，区别就更明显。《北征》诗的末尾："园陵固有神，扫洒数不缺。煌煌太宗业，树立甚宏达！"《行次西郊作一百韵》中："我愿为此事，君前剖心肝。叩头出鲜血，滂沱污紫宸。九重黯已隔，涕泗空沾唇。"情绪、语调迥然不同。

李商隐诗的情绪语调与杜甫诗迥然不同，固然由于他们思想状况有异（杜甫的忠君思想更为突出），然而更重要的是时代变了。杜甫从盛唐生活过来，对开元、天宝治世记忆犹新，所以他对统治者尽管不断有所批评，但从根本上来说，还是满怀着"恨铁不成钢"的心情。晚唐的人们被每况愈下的政治局面磨尽了锐气，已经很难有"致君尧舜上，再使风俗淳"的奢望。李商隐所谓的"运去不逢青海马，力穷难拔蜀山蛇"（《咏史》），就是这种情绪的形象概括。颓废和绝望乃是生活于晚唐的知识分子们的一种时代病，只是李商隐诗作中表现得格外突出罢了。正因为《行次西郊作一百韵》既继承了杜甫、白居易的现实主义精神，又烙有鲜明的时代印记，所以不是前人创作的简单翻版，而具有独立存在的价值。这首诗在表现手法上与杜甫的《北征》也有所不同。比如，它的中心段落采用老农口述的方式来写，全诗几乎完全不涉及作者个人生活，在效果上也就比《北征》显得更冷静而客观，似乎在杜甫影响之外又受了元、白创作的影响。

我们很为李商隐没有更多地创作出这样的诗篇而遗憾；但是即使李商隐只留存了这一首诗，他在中晚唐诗坛上的地位也将是崇高的。好诗在质不在量。从上述我们分析的内容来看，几乎可以说这首诗是晚唐时代社会生活的一个宏观投影。它全面地触及了时代的弊病，系统地表现了作者的政治思想，因而可以像一棵大树那样，使李商隐的其他许多政治性很强却未写具体事件的诗歌有所附丽；又像是一束灯光，可以帮助我们对他那些题旨比较隐晦的作品作洞幽察微的探索。

例如，《任弘农尉献州刺史乞假还京》一诗，是商隐"以活狱忤观察使孙简"以后所写。由于有《行次西郊作一百韵》作参考，我们就可以对所谓"活狱"，也就是全活被关押在县狱里的"刑徒"这件事作出有根据的推想。《行次西郊作一百韵》中曾提到"盗贼亭午起，问谁多穷民"的事实，现在商隐在弘农县狱中亲手处理的"刑徒"，很可能就是这样的穷民，因此根本够不上"盗贼"这个罪名。难怪商隐出于同情而全活了他，也难怪在商隐受到长官申斥时愤怒得想辞职。这首诗的主旨是以反讽手法宣泄对长官、对自己屈辱地位的不满，但从它的标题（西方文评中所谓的"次文本"），从全诗所流露的愤怒情绪，我们却看到了晚唐社会不合理现实的两个方面：一是穷民无罪被关押，成了刑徒；一是官吏稍有同情心即遭上司申斥。穷民大量沦为"盗贼"和下级官吏对上司的不满不服，正是晚唐社会阶级矛盾日趋尖锐的重要征候。

又如，商隐在大中元年（847）在桂管任幕僚时，曾受命暂摄昭平郡（即昭州，今广西平乐县）事，在那里写了《异俗二首》：

> 鬼疟朝朝避，春寒夜夜添。
>
> 未惊雷破柱，不报水齐檐。
>
> 虎箭侵肤毒，鱼钩刺骨铦。
>
> 鸟言成谍诉，多是恨彤幨。（其一）

> 户尽悬秦网，家多事越巫。
>
> 未曾容獭祭，只是纵猪都。
>
> 点对连鳌饵，搜求缚虎符。
>
> 贾生兼事鬼，不信有洪炉。（其二）

从来的研究者对这两首诗都不大注意，如纪昀就说："此种选一家之诗则可存，选一代之诗则可删。"[①] 其实这两首诗恰可与《行次西郊作一百韵》相辉映，它告诉我们唐朝边远地区（很可能聚居着少数民族，至今犹然）人民生活的极端困苦和落后。

---

① 沈厚塽《李义山诗集辑评》卷上，清同治九年广州倅署刻本。

那里自然灾害严重，各种疾病流行，生产条件极差，人民十分迷信。也一定程度揭示了造成这种状况的原因，那就是唐朝政府的苛酷法律和沉重赋税，特别是地方官吏的贪暴不法。由于体裁（五律）和写法的限制，商隐这两首诗对当地人民生活的反映不够具体、细致，可是"户尽悬秦网"一句已足以概括人民在苛暴如秦法的压迫下无以为生的境况。我们若把它和《行次西郊作一百韵》一诗互相参照补充，就会明白：近在京西（凤翔府）的人民尚且在水深火热之中，那么在"天高皇帝远"的昭平郡，在各级官吏无法无天的压迫欺诈之下，百姓们过的是什么日子，也就可想而知了。

从诗人在诗中表现出来的强烈正义感和责任心，我们也可推测出他所面临的是什么样的局面。当时，昭州刺史已经跑了——可能是被撵，也可能是自己弃职。总之，因为没有长官，观察使郑亚才把李商隐派去暂摄（代理）的。商隐到任后，听见的尽是百姓对官吏（主要是对前刺史所谓"彤幨"）的控诉，看到的更是人民生活的极端穷困落后。这里常常发生瘟疫（所谓"鬼疟"）。这里的百姓还靠原始的渔猎方式谋生，所以才有"虎箭侵肤毒，鱼钩刺骨铦"的情况。这里的人很迷信（"家多事越巫"），这里推行严刑峻法以刻剥百姓（"户尽悬秦网"），贪吏与恶霸如虎狼，如鲸鳌，几乎逼得老百姓无法生存（"未曾容獭祭，只是纵猪都"①）。作为一个遇到政治问题必然执着于儒家仁政思想的知识分子，书生气十足的李商隐依然未改当年对人民的同情之心。而所谓"点对连鳌饵，搜求缚虎符"，就以象征手法、隐喻方式表明了商隐准备豁出去向那些如鳌似虎般盘踞地方的官吏和恶势力斗争的决心②。他把形势估计得很严重，但是他的决心不可动摇。在结句中，他以贾生自比，既诙谐又坚定地宣称，自己不但深明天道，而且兼通鬼神，因此没有什么力量可以阻挡他的行动。哪怕这样做的结果要得罪鬼神，要受到天帝的惩罚，被投入洪炉中煅烧也在所不惜③。摄守昭平是商隐一生中唯一一次担任独当一面的行政工作；《异俗二首》是商隐诗中强烈地表现从政决心和雄心的好诗，洋溢着几乎令人难以置信

---

① "猪都"，冯浩注谓豪猪，朱鹤龄注引《酉阳杂俎·诺皋记》，以为是一种鸟雀，叶葱奇亦持是说，似均不确。孙之騄《玉川子诗集注》卷三《寄萧二十三庆中》注引《度人经》云："土石之精，草木之怪，山魈、山魁、木客，人都、鸟都、泉魈、魍魉，或称古今庙社血食，一切依附，为民害害。"这里虽未提到"猪都"，但似与之为同类物，即妖魅之类。"未曾容獭祭"二句应是说官府贪吏不让百姓安安分分地过活（既以渔猎为生，故以"獭祭"言之），而是纵容当地恶霸劣绅像"猪都"似的残害乡里。

② 或谓"点对连鳌饵，搜求缚虎符"是实写迷信鬼神的边民对待鳌、虎之行为，故不射虎而只搜求虎符以缚之。如此，则与前首"虎箭侵肤毒"矛盾，既用符矣，何又用箭？

③ 或为"贾生"非诗人自比，而指当地文士亦为巫风所染，不信造化而信鬼神，可见南中之荒远迷信，王化所不及。按：若如此，则与本首第二句重复。"家多事越巫"，即已将文士囊括在内，如何又费一联再说？义山诗用"贾生"七次，或自喻，或喻与己境遇相同的怀才不遇之士，或直指贾谊，无一含贬讽意。此处当不例外。

的热情与斗志。诗作于他初到昭平，昂奋情绪尚未平息之时，于是就这样非常偶然地留下他生命史上一次灼烈的闪光。因此它们也就显得更加难能可贵了。

晚唐时期的农民起义在义山诗歌中也有一些反映。大中五年（851）商隐在剑南东川节度使柳仲郢手下任幕僚时，曾有一诗寄韩瞻（《迎寄韩鲁州（瞻）同年》），诗中提到"寇盗缠三辅"的情况，自注："时兴元贼起，三川兵出。"这是指当时蓬、果两州边界的农民占据鸡山武装反抗唐政府，朝廷派王赟弘为三川行营兵马使前往镇压的事。这次起义，于次年二月被镇压下去。义山后来在《唐梓州慧义精舍南禅院四证堂碑铭并序》中述及此事："（大中）五年夏，以梁山蚁聚，充国鸱张，命马援以南征，委钟繇以西事，大张邻援，寻覆贼巢。"这说明义山作为封建知识分子，虽同情农民疾苦，但对于揭竿而起的造反者，却还是持谴责态度的。这既与他的阶级立场有关，与晚唐知识分子中此时普遍存在的向心倾向有关，也同他不了解起义农民的具体情况分不开。等到知识分子连农民起义也同情起来，甚至有个别知识分子竟然越出常轨投入（或被卷入）起义队伍，那么，必定已是这个封建王朝的末日了。

二、政局的透视

从《行次西郊作一百韵》所达到的思想、艺术水平来看，李商隐完全具备走杜甫、白居易前期创作所昭示的道路的条件。但是，他终于没有沿着这条路走下去。这主要是由于诗人自身的性格、气质、才能乃至审美趣味等方面的原因，也同一定的社会风尚和文学潮流有关。总之，李商隐的笔，没有更多地去直接录写客观生活的种种现象，而是转向自我心灵（即主观世界）的描述和宣泄，从而把诗歌表现主观世界的功能发挥到高度的水平。本来，文学的特质就在于反映客观和表现主观这两者不同程度、不同形式的结合和统一。没有一个伟大的诗人会仅仅满足于对客观现实的忠实反映而不致力于自我灵魂和人格的表现，也没有一个伟大的诗人在表现自己的内心世界时会不深刻地反映出历史和时代的某些本质方面。

李商隐的诗歌大部分不是现实事件的直接记录，而是这些事件在他心灵上的曲折反射；犹如不是一张张传真的照片，而是荧光屏上跳动的亮点和曲线。通过这些亮点和波动闪烁的曲线，是可以观测到客观事物的存在和变化的，不过这里需要一双训练有素的眼睛。

那么，在李商隐用他的许多抒情诗所织成的荧光屏上，究竟反映出了哪些现实主义生活的影像呢？

我认为，晚唐时代的一系列重大问题，诸如皇帝庸懦、朝纲不振、藩镇割据、宦官专权、民生疾苦等等，在商隐诗中都有不同程度的反映，而尤其反映得深刻的，是唐政权内部的权力纷争和知识分子无出路的悲惨命运。在这一节，让我们看一看李商隐诗歌对晚唐政局的透视，看一看通过这种透视所显示的晚唐政权内部处于一种什么状况。

晚唐政权内部的权力纷争，概括言之，大致包括几个方面：一、皇室内部争夺皇位的斗争；二、朝廷与藩镇统一与分裂之争；三、朝廷内部南衙（朝官）与北司（宦官）之间以及朝官朋党之间的权力之争。除皇室内部斗争外，其他几个方面，都可以从商隐诗中看到①。

藩镇割据和因之而引起的战争，在晚唐是一个严重的社会问题。军阀割据，蚕食着唐朝的肌体，威胁着国家的统一和完整；战争（无论是发生在藩镇之间，还是朝廷和藩镇之间）又使

---

① 冯浩注商隐《曲江》《景阳井》诗，以为是为唐武宗即位后，杨贤妃被杀事而发。张采田笺谓《景阳井》及《景阳宫井双桐》为唐宣宗逼死郭太后（宪宗妃）事而发。若果如此，则不能说商隐诗未及皇室内部斗争。惜二氏之说法多出臆测，论据不足，故不从。

国家和人民背上沉重的经济负担。因此当时一般百姓和有识之士对藩镇割据都是持反对态度的。如韩愈，亲自参加过平淮西的战役，并奉命写过歌颂统一的《平淮西碑》。诗人李贺写过抨击藩镇的《猛虎行》。诗人张祜作《入潼关》，也曾斥责过："何处枭凶辈，干戈自不闲。"这是当时知识分子的共同心态，李商隐自然也不例外。商隐早年有一首诗：

> 东征日调万黄金，几竭中原买斗心。
> 军令未闻诛马谡，捷书惟是报孙歆。
> 但须鸑鷟巢阿阁，岂假鸱鸮在泮林。
> 可惜前朝玄菟郡，积骸成莽阵云深。
>
> （《隋师东》）

这是唐文宗大和元年（827）朝廷讨伐横海镇李同捷之战在李商隐诗中的投影。虽然它不是叙事的（所以无从由它了解这场战争的具体情况），但我们却可以强烈地感受到两点，一是政府军队的腐败，二是战争的靡费和国家、人民损失之重。这两点无疑是对这场战争某一侧面颇具本质性的反映。作者写诗时还年轻（约二十岁），不能从政治上理解朝廷非打这一仗不可的苦衷，所以诗中发出"但须鸑鷟巢阿阁，岂假鸱鸮在泮林"的空洞议论。而我们却正可以从唐王朝竭尽财力去平定藩镇的事实，看出藩镇割据对王朝统治威胁之严重。其实，朝廷能勉强凑出人力财力去平藩，总还是一种有力量的表现；等到它实在没有力量时，就只得采取退让姑息政策了。而这种变化在李商隐诗中也是有所反映的。那便是《寿安公主出降》：

> 妫水闻贞媛，常山索锐师。
>
> 昔忧迷帝力，今分送王姬。
>
> 事等和强虏，恩殊睦本枝。
>
> 四郊多垒在，此礼恐无时。

成德镇是安史之乱后为害最烈的"河北三镇"之一。节度使王廷凑凶悖肆毒，无恶不作。死后，由其子王元逵继位，俨然把成德镇看成了他家的世袭领地。朝廷对"河北三镇"一向鞭长莫及，更怕他们联合对抗，只好眼开眼闭，予以默认。而当王元逵稍稍改变一点骄横态度，对朝廷表示恭敬时，朝廷竟喜出望外，随即将公主下嫁给他。公主嫁人，并不稀罕，问题是这里反映了唐王朝对藩镇割据软弱无力、姑息迁就的态度。难怪诗人要责问：天下藩镇那么多，你有多少女儿可以用来笼络他们？靠"和亲"的办法又岂是长久之计？这首诗对公主出嫁的原委细节未作正面描述，读者只有在了解了史实之后，才能理解诗人的感慨和议论。但是因为这种感慨和议论，乃是诗人针对一定的史实而发，所以它们又可以反过来加深我们对这一史实所包含的时代本质的认识。

对泽潞镇刘稹的讨伐，是唐武宗会昌年间的一件大事。它在商隐诗文中也是留下痕迹的。这次战争曾经给商隐的生活带来直接影响。当时他正居母丧，想利用这机会把散葬在各地的亲人分别迁移到郑州和怀州的祖坟去。可是，就因为战局变化莫测，他的计划不得不一再拖延。于是商隐在《请卢尚书撰李氏仲姊河东裴氏夫人志文状》中写道：

以潞寇凭陵，扰我河内，惧罹焚发，载轸肝心。遂泣血告灵，摄缞襄事。

在《祭裴氏姊文》中又写道：

属刘犇叛换，逼近怀城。惧罹焚发之灾，永抱幽明之累。

遂以前月初吉，摄缞告灵。号步东郊，访诸耆旧。……昨本卜孟春，便谋启合。会雍店东下，逼近行营。烽火朝然，鼓鼙夜动。虽徒步举椟，古有其人，用之于今，或为简率。潞寇朝驲，则此礼夕行。

"潞寇""刘孽"，即指刘稹。"扰我河内""逼近怀城""雍店东下""逼近行营"就是会昌三年（843）八月刘稹部将刘公直率军潜过王茂元驻军的万善，火烧雍店的事情[①]。

亲身尝到的苦头，使商隐反藩镇的情绪变得更加激烈。这表现在他当时代王茂元起草的《为濮阳公与刘稹书》中，也表现在《行次昭应县道上送户部李郎中充昭义攻讨》《登霍山驿楼》等诗中。这时，他不再像写《隋师东》那样，把矛头主要集中在批评政府的腐朽上，而是对政府勉力伐叛感到兴奋，予以声援。虽然在讨泽潞之战中，政府军方面表现出来的腐败程度，绝不比以前讨李同捷时差，但诗人只把诅咒掷向叛镇刘稹："鱼游沸鼎知无日，鸟覆危巢岂待风。"（《行次昭应县道上送户部李郎中充昭义攻讨》）而对政府军则是热切的呼吁："壶关

---

① 见《资治通鉴》卷二四七"会昌三年八月"，中华书局，1956 年版。

有狂孽，速继老生功。"（《登霍山驿楼》）透过诗人情绪的变化，我们不是也就可以感受到藩镇割据给人民带来的危害以及会昌年间唐王朝对藩镇的政策由软弱到强硬的变化吗？抒情诗人就是这样地反映着现实。

藩镇割据对统一的唐帝国的威胁和商隐对这个问题的关切还表现在他的《井络》诗中：

> 井络天彭一掌中，漫夸天设剑为峰。
> 阵图东聚烟江石，边柝西悬雪岭松。
> 堪叹故君成杜宇，可能先主是真龙？
> 将来为报奸雄辈，莫向金牛访旧踪！

这首诗是他大中九年（855）途经著名的金牛道（今陕西勉县至四川剑门关）时所作①。清人屈复阐述本首诗意说："以山川之险，武侯之才，昭烈之主，尚不能一统天下，而况其他哉！

---

① 《井络》诗，冯浩编于大中三年（849），张采田《玉谿生年谱会笺》系于大中五年（851），叶葱奇《李商隐诗集疏注》与张笺同。王汝弼、聂石樵《玉谿生诗醇》谓两说均可。按：此诗似是梓州归途留语镇蜀者口气，倘编于赴梓州时或在梓州幕中，便成针对柳仲郢（或杜悰）而言，情理上似欠通。

所以深戒后来也。"①而这一主题的思想力量，也正如清人田篑
山所说："足褫奸雄之魄而冷其觊觎之心。"②可见这首诗的战
斗性是很强的。另一方面，李商隐又衷心地歌颂那些平叛的英
雄，如《复京》赞美李晟："天教李令心如日。"《浑河中》歌
颂浑瑊的功绩："咸阳原上英雄骨，半向君家养马来。"这一切
都曲折地显示着诗人维护国家统一的鲜明态度，因为割据与分裂
在当时已是一个确实存在的威胁。而这正是晚唐最根本的时代特
征之一。

李商隐诗中反映统治集团内部斗争最富有特色而且思想深
刻的代表作品，应当数他在甘露之变后所写的《有感二首》《重
有感》《故番禺侯以赃罪致不辜事觉母者他日过其门》《哭遂州
萧侍郎》《哭虔州杨侍郎》等一系列作品。

从这些诗，我们首先看到宦官势力已发展到了何种地步。
他们杀戮大臣如同在消灭"盗贼"（所谓"直是灭蒀苻"，见
《有感二首》之一），他们在京城纵兵捕人，滥杀无辜，随意破人
宅第，抢劫财货，造成一片恐怖景象（"鬼箓分朝部，军烽照上
都"，同上），完全是一股无法无天的恶势力。可是因为他们掌

---

① （清）屈复：《玉谿生诗意》卷五，台北正大印书馆，1974 年版。
② 冯浩《玉谿生诗集笺注》引，上海古籍出版社，1979 年版。

握国家武装，也就无人奈何得了他们。李商隐对宦官势力无疑十分痛恨，这从他在诗里称他们为"凶徒"，在《重有感》诗中急切地呼吁刘从谏兴师问罪都可以看出。如果再参考他赠送和吊唁刘蕡的那些诗，他的反宦官的态度就更明确无疑。

从这些诗，我们还看到统治阶级内部矛盾重重。有的人平时贪财受贿，善于聚敛，甘露之变一起，宦官乘机借口捉拿李训、郑注、王涯余党，把他们早已眼红的富户抢劫一空。《故番禺侯以赃罪致不辜事觉母者他日过其门》反映的就是一个典型事例。故番禺侯指前岭南节度使胡证。史载："广州有海之利，货贝狎至。（胡）证善蓄积，务华侈，厚自奉养，童奴数百，于京城修行里起第，连亘闾巷。岭表奇货，道途不绝，京邑推为富家。证素与贾𫗧善，及李训事败，禁军利其财，称证子溵匿𫗧，乃破其家。一日之内，家财并尽。军人执溵入左军，仇士良命斩之以徇。"①商隐对这件事的态度是既反对宦官的借故杀人（"杀人须显戮，谁举汉三章？"）但也认为胡证是咎由自取，谁让你搜刮那么多的财宝，招人嫉羡呢？所以他既在标题上写明"以赃罪致不辜"，又在诗中说"饮鸩非君命，兹身亦厚亡"，并不对被难者作无保留的同情。这同当时百姓痛恨推行榷茶法来搜刮人

---

① 《旧唐书·胡证传》，中华书局，1975年版。

民的宰相王涯，在他临刑时，"投瓦砾以击之"的感情，基本上
是一致的。

从这些诗，我们更看到了唐文宗的庸懦和晚唐皇帝所处的
可怜境地。"竟缘尊汉相，不早辨胡雏"（《有感二首》之一）、
"临危对卢植（比令狐楚），始悔用庞萌（比李训、郑注）"、"古
有清君侧，今非乏老成"、"近闻开寿宴，不废用咸英"（均见
《有感二首》之二），其中固然有所叹惜，但更主要的是批评。我
们知道，甘露之变由李训、郑注（主要是李训）酿成，唐文宗是
他们的后台。李训、郑注走宦官门路得入禁中，本来就是卑劣的
佞人，郑注还曾陷害过唐文宗委以重任的宰相宋申锡①，政治操
守极差。可是唐文宗却把他们看成可以信赖的"汉相"（用《汉
书·王商传》典），根本听不进许多人对他们的揭发，结果李、
郑二人窃据要职而又各怀个人打算，一旦仓促发动，遭到宦官反
扑，酿成了弥天大祸。出事之后，唐文宗在宦官淫威面前唯求自
保，不敢伸张正义，顺着宦官的意旨宣布冤死的宰相王涯等人为
"谋反"；时过不久，就又奏起王涯生前制定的《云韶乐》，在宫
中开起寿宴来。李商隐诗把这些情况一一写出，就把唐文宗的
昏庸无能，把他比周赧王、汉献帝还不如的处境描写得十分清楚

---

① 《旧唐书·宋申锡传》，中华书局，1975年版。

透彻。①

从这些诗中，我们还可以看到晚唐官僚集团内部斗争的复杂情况。这主要体现在李商隐对政治暴发户李训、郑注的批判之中。《哭遂州萧侍郎》和《哭虔州杨侍郎》二诗，一个重要的内容便是对将他们迫害致死的李训、郑注的控诉。所谓"苦雾三辰没，穷阴四塞昏。虎威狐更假，隼击鸟逾喧"（《哭遂州萧侍郎》），钱龙惕笺曰："《旧书·传》：训、注窃弄威权，凡不附己者，目为宗闵、德裕党，贬逐无虚日，中外震骇，连日阴晦，人情不安，故此四句云。"②原来，萧浣、杨虞卿虽是牛党中坚，但真正致他们于死地的却并非李党，而是打着反对党争旗号趁机渔利的李训、郑注朋党。萧、杨在牛李党争中本来都是炙手可热的人物，本人官声也不好，可是却又是李训、郑注阴谋的受害者。晚唐官场就是如此错综复杂。李商隐对萧、杨二人的哀悼和同情，在我们看来，正可以当作对一系列"纷纭排陷"的朋党之争的揭露和批评。萧、杨的悲剧下场固然是党争参与

---

① 《资治通鉴》卷二四六载：开成四年十一月，文宗问当值学士周墀："朕可方前代何主？"对曰："陛下尧舜之主也。"上曰："朕岂敢比尧舜？所以问卿者，何如周赧、汉献耳。……上曰：赧、献受制于强诸侯，今朕受制于家奴，以此言之，朕殆不如。"参《新唐书·仇士良传》，中华书局，1975年版。

② 冯浩《玉谿生诗集笺注》引，上海古籍出版社，1979年版。

者难逃的结局，同时也正是这种党争给另一批野心家以可乘之机。在李训、郑注崛起的过程中，牛、李两党不顾大局、热衷私斗的狭隘派性，均难辞其咎。在《有感二首》中，李商隐更集中地对李训、郑注作了有力鞭挞。除了上文已分析过的，以及把他们比作一见即令人觉其有异志的"胡雏"，比作受到刘秀重用却终因有异心而被翦灭的庞萌之外，在"如何本初辈，自取屈氂诛？""素心虽未易，此举太无名"等诗句中，也明白无误地对他们作了否定的评价。这同《行次西郊作一百韵》诗中"近年牛医儿"以下一段的意思完全一致。所谓"牛医儿"指的正是郑注。何焯说"深斥训、注"，纪昀说"慨训、注轻举，文宗误用而令王涯等蒙冤"①，他们的感受是正确的。

李商隐一生没有对牛、李党争作过正面反映，也未正面发表过意见，可是他对李训、郑注的揭露和批判，实际上也可以说反映了朋党之争某一阶段的情况，从中可以窥见他对以争权夺利为目标的朋党之争是极端反感的。

李商隐笔下的晚唐政局和官场，就是如此充满了你死我活的权力纷争。他的诗是对处于衰亡过程中的统治集团的本质揭示：从皇帝到每一个稍有权力的官员，都抱着一种"末日来临"

① 均见沈厚塽《李义山诗集辑评》卷中，清同治九年广州倅署刻本。

的恐惧，竭力在有限的政治、经济权益中多捞一点。正是他们贪婪、短视的阶级本性，促使他们加速地为自己挖掘着坟墓。

三、知识分子境况的写照和折射

李商隐的一生是一出从物质生活到精神生活都遭到无情压迫的悲剧。他的诗作，是社会和时代的沉重压迫在他心弦上所产生的反响；就其性质而言，是诗人主观心灵世界的艺术表现。但如从客观效果来看，则不妨把它们视为诗人（以及地位、命运与他相近者）悲剧生涯的忠实反映。李商隐的这一部分诗，都典型而深刻地表现出晚唐知识分子的奋斗、挣扎和呻吟，从而使人们深切地感到晚唐那种江河日下、黄昏渐进的时代气氛。这是他的诗歌不但具有不朽的艺术价值而且至今仍然具有高度认识价值的原因之一。

晚唐政局的腐朽和官僚、科举制度的严重弊病是义山终生潦倒的真正原因，义山诗作从各个角度反映了这方面的问题。他指出贵戚和宦官的用事阻塞了才识之士的仕进之路。对于"十三身袭富平侯"（《富平少侯》），"生年二十有重封"（《少年》)的现象，他深致不满，而对在"寒郊自转蓬"的士子，以及刘蕡那样被宦官打击致死的爱国之士则充满同情。他的《无题》("何处哀筝随急管")借贵族女子与贫家老女在婚姻上截然不同的遭遇寓寒士怀才不遇的悲愤；《无题》("重帷深下莫愁堂")和《深宫》两诗，借浓香的桂叶喻寒士们的才华学识，以菱枝、萝阴比喻他们的地位低下、缺乏奥援，而以狂飙、风波比喻压抑、排斥他们的黑暗势力，深细婉曲地宣泄了寒士们内心的苦痛和愤懑。他的《行次西郊作一百韵》是一首反映民生疾苦的史诗式作品，但在申说治乱之道"在人不在天"的道理时，就不仅触及了官僚制度的问题，而且说明了广大知识分子找不到政治出路的根源。试想在一个"使典作尚书，厮养为将军"的社会里，李商隐这样的书生，能有什么光明出路呢？值得注意的是，在这首诗里，诗人将人才的使用与国家的兴亡治乱联系了起来，可见他的忧愤并不限于考虑个人命运的好坏。

李商隐对官场的黑暗，有相当深刻的认识，特别痛恨那些为一己私利而不择手段进行明争暗斗的人。前节提到，他在对李训、郑注的批判中表现出来对朋党之争的强烈反感。此外，七绝《乱石》也是把官场中霸占地盘，互相虎视眈眈的朋党势力作了象征化的表现，从而艺术地描绘了大批士子仕进之路完全被堵塞的现实状况。"不须并碍东西路,哭杀厨头阮步兵"两句,真可以说是走投无路的落魄书生的血泪之词,也是对那个社会某一角的真实情况的有力揭露。

义山还不止一次抒发了对官场中妒贤嫉能、排斥异己、压抑后进等恶劣风气的不满,谴责这种风气对人才的摧残作用。这同他很早就被人嫉视的经历有关。他在《漫成三首》之二中,肯定沈约的奖掖后进,否定颜延年的文人相轻,主张各人发挥长处而不必互相中伤,显然并非无的放矢。到写《漫成五章》时,由于谗毁受得多了,情绪似更激烈。其二"李杜操持事略齐"一首,把谗毁李白、杜甫者比为苍蝇,表现了极端厌恶的态度。《闻著明凶问哭寄飞卿》更明白道出:"昔叹谗销骨,今伤泪满膺。空馀双玉剑,无复一壶冰。"把名利场中妒贤害能的恶习与士子们的凄凉生涯联系在一起。在散文作品《李贺小传》中,义山对"排摈毁斥"长吉的人深表反感,而对长吉的抑郁而死哀惜备至,其中恐怕也不无借以自诉的因素。

从义山许多诗文中还可以明显地看到他从很年轻时起,就感到社会上有一股黑暗势力在威胁着自己,使他感到一种莫名的恐怖和不祥的预感。所以,他在筵席上吃竹笋时会突然提出"皇都陆海应无数,忍剪凌云一寸心"的问题(《初食笋呈座中》

诗有以笋自比之意。唐人称年轻而有才的人为"玉笋"，见《新唐书·李宗闵传》）。看到被雨淋坏的牡丹，又发出"先期零落更愁人""一年生意属流尘"的慨叹，并流露出前途黯淡无望的情绪："前溪舞罢君回顾，并觉今朝粉态新。"（均见《回中牡丹为雨所败二首》之二）这种预感的现实根据，从他开成元年（836）的《别令狐拾遗书》所流露的激愤情绪，即可略略想见。而事实上，这种预感后来是完全应验了的。试看《读任彦升碑》："任昉当年有美名，可怜才调最纵横。梁台初建应惆怅，不得萧公作骑兵。"这是一首咏史诗，可是前人早已指出，它并不是单纯的咏史。何焯认为它含有讽刺"中书堂里坐将军"的令狐绹之意，冯浩认为它是有感于卢弘止的建节徐州。二说均看出了义山诗是有感于才能不及自己者反居高位而作。但还可进一步指出的是，诗的主旨在于义山借任昉之事以书写现实的感愤，而主要并不在于讽刺别人。原来，义山在官场的地位虽不能与任昉相比，但他和任昉一样都是才调纵横，都是早负美名，又都有过一番豪情壮志，而到头来却又都被当年与自己平起平坐，甚至不如自己的人重重压在下面，从朋友关系变成了上下级乃至"君臣"关系。难怪诗人要想到人的命运何以如此没有定准，生活又为何如此捉弄人之类的问题，从而感到惆怅迷惘、大惑不解。只要把义山的一生颠踬同令狐绹那一帆风顺的宦历加以比较，就可以理解充满于诗人胸中的抑塞不平之气，乃是以现实政治生活中之不公平、不合理现象为其根由的。《深宫》《宫词》等都是属于这一类主题的作品。

商隐写的许多咏物诗不但总爱在所咏之物中寄托深深的身世之感，而且爱在环境描写中渗透隐喻现实的深意。如《杏花》："援少风多力，墙高月有痕。"《李花》："自明无月夜，强笑欲风天。"《蝉》："五更疏欲断，一树碧无情。"《流莺》："风朝露夜阴晴里，万户千门开闭时。"等等。咏物以外的作品，也往往在环境描写中含着对现实黑暗的隐喻，如"江风扬浪动云根，重碇危樯白日昏。"（《赠刘司户蕡》）、"人间路有潼江险，天外山惟玉垒深"（《写意》）、"空园兼树废，败港拥花流。"（《即日》）等等。这种似有若无的象征和隐喻是义山诗歌反映现实的修辞方法之一。

当然，更多的则是通过景物的描绘、气氛的渲染、典故的借用、色彩的搭配、韵律的调节来构成一种凄寂黯淡的意境，一种悲怆伤感的情调，使读者从全诗的整个意境中领略作者那种不愿明说而又不吐不快的深沉感情。属于这一类型的代表作，在义山诗集中数量最多，如《风雨》《夜饮》《锦瑟》《重过圣女祠》《哀筝》《荷花》以及那些脍炙人口的《无题》诗。这些诗几乎只是用比兴手法来抒写诗人孤苦怅惘的心情，而不曾对社会现状有任何具体描述。它们是抒情诗中的佳作，可也已经带上音乐的某些特质。它主要是用荡漾于诗中的悲剧气氛来唤起读者的联想。虽然它毕竟还是落了言筌，还不可能抛开一定的意象，但真正诉诸读者的，主要已不是质实的形象本身而是空灵飘渺得多的感情和思绪。我们不能根据这些诗说出诗人曾经遭遇到哪些具体的事情，但联系诗人的生平遭际，我们却可以从这些牢骚哀怨和如泣如诉的低吟中，体会到诗人心灵所承受的压力是多么沉重而且无法摆脱。而这压力正是来自那个不景气的时代和处于毁灭前夕的统治集团。这些诗的宝贵价值，就在于回响在其中的低沉音调正是那个不景气时代的基本音调的反映，而其自身又具有独特的悲情与美感。

综上所述，义山许多诗歌虽然没有直接描写现实，但却包含着对晚唐社会弊病和罪恶的揭露控诉，触及了当时社会中的一系列严重矛盾（主要是统治阶级内部矛盾，但也包括广大农民同地主阶级这个基本矛盾在内）。这些融汇着深沉愤怒和强烈哀怨的诗歌曲折地反映了那个时代的一个侧面，典型地表现了那个时代一个正直知识分子的复杂心理，从而成为我们观察那个垂死的王朝和它所面临着的大动乱、大崩溃的一面镜子。

李商隐诗歌确有其不容低估的思想价值。从这里，我们也可以懂得，表现主观和反映客观并没有什么绝对的界限。作家的主观（心）一定要这样那样地反映客观（现实的、外界的事或物），而且对于广大读者来说，作家的诗心，其实也就是一种客观。表现主观还是反映客观说到底只有相对的差别而没有根本的不同，更不是决然的对立。两者也并无高低、好坏之分。实际上，在文学里，历来就存在着通过表现主观而达到折射客观的创作方式。所以王国维有"主观之诗人"的提法。这正是一切抒情诗人所擅长，也正是我们观察、研究李商隐诗歌的重要角度。

义
山
诗
风
的
演
变
轨
迹

　　研究一个创作期较长的作家，通常的办法是将他的创作活动按生平经历划分为几个时期，这自然有其相当的合理性和优越性。但简单地将这种分期套用于作家风格的发展演变，就不够理想了。如李商隐生平一般可分为三期，即：十年应举时期，长安求仕时期，幕府生涯及乡居时期。那么，是否可以认为这也就是义山诗风演变相应的三个阶段呢？我觉得，这种划分用于说明义山生平虽大致不差，但用于说明其风格却难惬人意。因为风格的形成与变化固然与生平遭际关系至为密切，但二者并非绝对同步。诗歌风格的变化自有其本身的内在规律。比较适当的办法是重视诗歌本体，根据诗歌内容、形式之统一所构成的风格特征来确定分期标准。风格既体现于诗，风格的分期自然也应体现于诗歌发展的脉络之中。因此，论析似应以作品为经而以生平为纬较妥。本书论玉谿生诗歌风格之演变轨迹，即按此原则进行。

商隐诗风，按其发展过程可划为四个时期。下面试具体申说之。

第一期，可以谓之模拟期或曰习作期。

在《上崔华州书》①中，义山自称"五年诵经书，七年弄笔砚"。虽然未必一开始就写诗，但动笔较早则可肯定。其《樊南甲集·序》又言："樊南生（义山自称）十六能著《才论》《圣论》，以古文出诸公间。"说明当时其散文写作水平已很可观，诗歌创作想亦起步于此时。义山十五六岁前，曾在家乡受学于一位堂叔。此人身为处士，淡于名利，平生用力于经学而以文艺为余事。义山述其创作特点是："注撰之暇，联为赋论歌诗，合数百首，莫不鼓吹经实，根本化源，味醇道正，词古义奥。自弱冠至于梦奠，未尝一为今体诗。"②他对少年李商隐的熏染

---

① 见冯浩《樊南文集详注》卷八，四部备要本。

② 见《樊南文集补编》卷十一《请卢尚书撰故处士姑臧李某志文状》，四部备要本。

必然很大，估计义山学诗亦当从古体入手。可惜其最早的习作已不可见。

被冯浩（《玉谿生年谱》及《玉谿生诗详注》）和张采田（《玉谿生年谱会笺》）分别编在大和元年、二年的《无题》（"八岁偷照镜"），大约可算现存义山诗中最早的作品。而被他们列入不编年部分的《效长吉》《效徐陵体赠更衣》《又效江南曲》《齐梁晴云》等也应是这个时期内所写。足以代表本阶段创作特色的，是《燕台诗》《河内诗》《河阳诗》以及与之有关的《柳枝五首》等。它们应是义山学仙玉阳、应试下第、往来于长安—洛阳—郑州之间时陆续写成。大和九年（835）十一月甘露之变发生，给他很大刺激，次年他写成排律《有感二首》、七律《重有感》、五律《故番禺侯以赃罪致不辜事觉母者他日过其门》等诗，标志着他的创作步入了新境。他的习作期也到此结束。

这一时期义山诗的特点，主要在于其模仿性。各以性之所近向前人学习，是任何后来者不可避免的道路，商隐自不例外。从现存作品中，我们看到他早期较喜爱的是屈原、宋玉、阮籍、南朝宫体作家，而着力学习的是乐府歌行和李贺歌诗。唐代不少诗人创作初期都有以乐府旧题作诗的习惯，慢慢地有人只用旧题而不师旧意，又有人进而发明"即事名篇、无复倚傍"的自题乐府。杜甫、元稹、白居易在这方面贡献尤大。李贺也是具有独特成就的一个。他的许多作品实际上是仿古的自题新乐府诗，如《梦天》《帝子歌》《天上谣》《屏风曲》《石城晓》《夜坐吟》等等，不胜枚举。而上面提到的义山许多作品，特别是《燕台诗》诸首，便是模仿李贺且已渐具特色的佳什。这些诗从意境、结构、韵律和语言色泽等方面，均可见到长吉诗风影响的痕迹。笔者曾将《河阳诗》与长吉歌诗对照，发现其中有师承关系的句子在一半以上。诸如"龙头泻酒客寿杯""南浦老鱼腥古涎""真珠密字芙蓉篇""幽兰泣露新香死""巴西夜市红守宫"之类，简直可以一望而知。由义山自撰而深得长吉神理的句子也俯拾即是，此处不能赘引。正如从临摹碑帖中可以见出作书者的笔性和功力一样，义山对前人的仿效已充分显露其过人才华和以后发展的大致方向。

这个阶段是义山的人生初程。虽然步入社会之后并非事事顺利，但在令狐楚的卵翼下，处境还算差强人意。所以义山思想感情还相当单纯、乐观。偶尔他也愁闷，并在作品中有所流露。可是这时的"愁"尚无深刻的社会内容。他在一系列乐府诗中讴歌的主要是青春的觉醒和对爱情的向往。总之，基本上是生机勃勃的少年情怀。《初食笋呈座中》也许可以说是本时期思想最深沉的作品之一。它已透露出诗人对前途的某种担忧，但那毕竟还只是不祥预感，并不是针对现实威胁而发。

政治诗不是义山这一阶段创作的主要方面。冯、张二氏将《陈后宫》二首、《览古》等篇订于本期之中，并无确实根据。但不直接对政治问题发言，不等于不关心政治，更不等于没有政治头脑。《涉洛川》《东阿王》《代魏宫私赠》等诗很可能是义山游赏古迹或浏览史书时有感而发，从中已可窥见异日咏史之端倪。而《有感二首》等的出现就充分表明了诗人对现实的关注和政治上的卓识。这些优秀的政治诗当然不是偶然写出，而与本阶段所受的教育、所具备的思想状态有关。不过我们为了便于叙述而把它们划入下一阶段去谈罢了。事实上，诗风演变是一个渐进过程，阶段的划分不应该也不可能像刀切一般整齐，常常是前一阶段已伏着下一阶段的某些因素，下一阶段也仍有前一阶段特点的某些表现。

甘露之变是义山成年以后遇到的第一桩政治大事，政局的剧变在他面前打开了一个前所未闻的世界，使他的思想几乎是一下子成熟起来，他的创作遂进入第二期。这时，他一连写了好几首诗对事变的前因后果作出评论，既鞭挞宦官的残暴专权，又批评唐文宗的昏庸懦弱，更痛斥肇事者李训、郑注的无知狂妄和带给国家、人民的损害，甚至对某些达官（如前岭南节度使胡证）之家被事变累及的情况也给予注意，并作出极富人民性的评论。不久以后所写的《行次西郊作一百韵》，是义山这一时期也是他一生最辉煌的作品之一。此诗以反映现实的广阔性和思想的深刻性著称，奠定了李商隐在唐代诗坛上的不朽地位。在艺术上，《行次西郊作一百韵》诗仿效杜甫，一方面糅合了白氏讽谏的某些表现手法，所以客观叙事性更强，绝非《北征》的简单翻版；另一方面，这时义山的骈文技巧已臻成熟，写诗时也就自觉不自觉地多用对仗声韵要求严格的律诗体裁。而在诗中直接评说敏感的时事，用典又是一个可以委曲尽意的方便手段。这些自然都在他的《有感二首》以至《哭遂州萧侍郎》《哭虔州杨侍郎》等长律中充分发挥出来。以骈文手法入诗，正是构成义山诗风的要素之一。

开成二年进士及第是义山正式步入官场之始（虽然当时还未任职）。他的情绪一度相当乐观而高昂，而且一直保持到赴泾原入王茂元幕之后。《及第东归次灞上却寄同年》《漫成三首》以及戏赠韩瞻诸作便是明证。不久，应鸿博试落选，恩牛怨李之流言蜚语四起，初任秘书省校书郎旋即调充弘农尉，又因活狱忤观察使孙简而受斥，挫折打击纷至沓来。这一切促使义山的为人和诗风发生向愤激化的转变。从《安定城楼》到《任弘农尉献州刺史乞假归京》，我们看到一个陷于逆境者满腔悲愤、昂首怒啸的形象。这同我们读他的《别令狐拾遗书》《与陶进士书》所获得的印象完全吻合。

悲愤的感情到会昌元年、二年间赠别和哭祭刘蕡时可谓达到了顶点。义山赠刘一首、哭刘四首在其诗集中地位重要，因为它们显示诗人的眼光已经不局限于自身，而扩大到一切受黑暗势力压抑的怀才不遇之士，发展到对时代和整个统治集团的控诉指斥，其境界显然比以前高远得多，感情也深沉得多了。

这就是义山创作的第二阶段。尽管建功立业的渴望不断在现实面前碰壁，但他尚不肯认输退却，胸中还翻腾着一股勃郁难平之气，因而对现实抱着强烈的批判和抗争态度。表现于诗歌，便形成义山一生少见的慷慨悲壮之风。"不知腐鼠成滋味，猜意鹓雏竟未休"（《安定城楼》）显示其对俗世的蔑视和兀傲态度，"却羡卞和双刖足，一生无复没阶趋"（《任弘农尉献州刺史乞假归京》）宣告他对官场的昏暗朽腐已忍无可忍，从"可怜万里堪乘兴，枉是蛟龙解覆舟"（《岳阳楼》）可以看出他的雄心尚未完全泯灭，而"上帝深宫闭九阍，巫咸不下问衔冤"（《哭刘蕡》）固是愤极之语，但也说明他原来对最高统治者还是抱着某种期望的。这个阶段可以称之为义山诗风的愤激期，若要与他生平相应则可称之曰创作上的青春期。

义山创作的第三期才是他的成熟期，按风格特色言之也可以名为感伤期。通常人们认为，义山诗基本风格是哀婉凄厉、愤懑不平的思想感情同浓艳绮丽、朦胧曲折的表现形式之间有机、和谐的统一。这些正是到本阶段才最后定型，成为义山风格不可移易的独特标志。李商隐这个诗人的形象，主要是由他这一阶段作品所塑成，他对后世影响最大的作品，也多产生于本阶段。从时间上说，这个时期一直延伸到大中十二年（858）他卸去盐铁推官之职废罢归郑州为止，算来约有十五六年光景。

仿佛一炉旺火被连连压上几锹湿煤，火焰顿时变为幽幽的蓝色那样，商隐在仕途上亲受和目睹了许多不合理的事情以后，感情由最初的激恼愤恨渐渐冷静下来。本来，如果地火强大或有人从旁疏通，那么暂时被压下去的火苗未始不能重新轰然蹿起。可是商隐缺乏的正是这样的主客观条件。每况愈下的时代和他的世界观都决定了他在黑暗的重压和生活的折磨（如妻子早死）下只能日渐消沉。慢慢地他由悲愤而变为悲观、变为颓唐，自我感伤的情绪愈来愈浓重地笼罩了他。这就决定了这一时期义山诗歌阴郁的悲剧色彩和偶尔故作旷达的凄凉情调。

  《无题》诗以及那些摘取篇中任意二字为题实即无题的诗中之一部分（不是全部），无疑是本阶段最有代表性的作品。这些诗大都以爱情生活为主要依据而又融汇了作者的全部人生经验，而以感伤身世为其主题。他那些情真意挚的悼亡诗，自然也应归入此列。这些诗多用七言律绝写成，它们那种高度凝练的形式中包含的丰富意蕴，那铿锵和鸣的声韵、工稳典雅的对仗、艳丽华美的语言，一千多年来不知陶醉了多少读者。它们的内容是酸涩凄苦、充满悲剧性的，可是它们的形式却又柔和优美、华丽圆润到极点，诗人把看似矛盾的两种色彩、两种美学效果如此完善地统一于每一篇诗中，显示出他对艺术辩证法的深切领悟，他的艺术手腕已经成熟到随心所欲的地步。

  李商隐的诗艺在本阶段入于化境，还表现在他不论写什么题材都能于一字一句中活脱地显出一个"我"来。"已悲节物同寒雁，忍委芳心与暮蝉"（《野菊》）的野菊、"巧啭岂能本无意，良辰未必有佳期"（《流莺》）的流莺，不用说是闪现着诗人自己的面影；而"谁料苏卿老归国，茂陵松柏雨萧萧"（《茂陵》）、"刻意伤春复伤别，人间惟有杜司勋"（《杜司勋》）之类诗句所流露的对他人的赞叹，也显然含有自比自怜之意。至于"一春梦雨常飘瓦，尽日灵风不满旗"（《重过圣女祠》）、"蝙拂帘旌终展转，鼠翻窗网小惊猜"（《正月崇让宅》）的细微观察和细腻描述，"人间路有潼江险，天外山惟玉垒深"（《写意》）、"清声不远行人去，一世荒城伴夜砧"（《出关宿盘豆馆对丛芦有感》）的借写景以抒情寄慨，就更明显地烙着李商隐的独特印记，不会同别人相混。

在这一阶段中，义山仍然关心着国计民生。会昌年间朝廷讨伐泽潞叛镇时，他替岳丈王茂元起草过《为濮阳公与刘稹书》，敦促刘早日投降，又写过《行次昭应县道上送户部李郎中充昭义攻讨》等诗诅咒刘稹，盼其速败。大中二年（848）他暂摄昭平郡守，作《异俗二首》，描写了当地人民的苦况，表达了他整顿吏治的决心。在任盐铁推官游历江东时，又写下一系列论古鉴今的咏史诗，想以六朝和杨隋败亡的教训唤起李唐统治者的警觉。

也许诗人有时并不满意自己情绪的消沉，便勉力写些情调高昂或故作达观的诗。如他在徐州卢弘止幕作《偶成转韵七十二句赠四同舍》、在梓州柳仲郢幕作《二月二日》，便有当年豪情和绮怀的一闪。可是它们又到底不免露泄出感伤期的肃杀苍凉之气。至于那些官场酬酢、歌筵游戏之作，因为不能代表作者真实思想感情，这里就不论列了。然而这些已足以说明，诗人的创作风格即使已经定型，他也不会只限于一调；真正成熟的诗人，手里总有几副笔墨以便应付各种不同情况。而且诗歌创作决不能排除灵感，也不能排除种种偶然因素的影响，有时在同一时期甚至在同一天之内，诗人会写出风格截然不同的作品来。

本阶段商隐诗风虽已完全成熟，但仍不废向前人学习。《韩碑》一诗便是对昌黎诗风绝妙的创造性模仿。从思想内容上说，则是对一世忠勤而屡遭政敌诽谤的名臣（裴度、韩愈）的致敬。开成四年（839）裴度之死很可能是此诗创作的契机。这首句奇而语重的诗显示出义山对韩诗艺术特质的把握已达到入骨三分的程度，也显示出他在创造诗境、遣词造句上几乎取得完全的自由。不过这一时期义山更着力学习的是杜甫，是杜甫后期创作那种沉郁顿挫、苍茫浑灏的老辣作风。其表现为特重炼意，常把数十年生活的体验凝结成一两句概括性、哲理性极强的诗句，以造成惊心动魄的感染力量。例如"江海三年客，乾坤百战场"（《夜饮》）、"天意怜幽草，人间重晚晴"（《晚晴》）与老杜"长为万里客，有愧百年身"（《中夜》）、"勋业频看镜，行藏独倚楼"（《江上》）相比，就颇有异曲同工之妙。许多古人，如王安石、黄庭坚、朱弁、吕本中等都赞叹过义山学杜的成就，叶梦得甚至说："唐人学老杜，惟李商隐一人而已。"（《石林诗话》）话似乎说得绝对了些，却有很深的道理。由侧重模拟李贺到刻意仿效杜甫，标志着义山在诗艺的孜孜探求中已迈入更高境界。学杜，而且能得其神似，需要深厚的生活底子和艺术功力，不是初入此途者能办到的。

义山创作最后阶段的时间不长，他返归荥阳旧居后不到一年就去世了。在大中七年（853）的《樊南乙集·序》里，商隐就宣称"愿打钟扫地为清凉山行者"。《高僧传三集》里还记着他欲剃度为知玄弟子的事。到了晚年，他进一步接近佛教，思想由颓唐而堕于颓废，对人生和世界的虚无和幻灭之感日益浓重，这些在诗作中均有所表现。张采田将冯浩编于会昌三年（843）的《幽居冬暮》移到此时是可行的；但把《井泥四十韵》也定于此时所写，则似欠妥。因为《井泥四十韵》虽宣扬祸福无常的不可知论，但作者显然对现实还有愤懑，也抱着某种期待，与此时的完全沉寂并不相同。属于这一阶段的作品，尚有《归来》《正月十五夜闻京有灯恨不得观》《寄在朝郑曹独孤李四同年》《北青萝》《水斋》《锦瑟》等。这些作品中虽有"如何匡国分，不与夙心期"之句，但那只是由昔日抱负产生的微弱回声而不是现实的呼喊。这时他的思想主流已是更加羡慕"独敲初夜磬，闲

倚一枝藤"(《北青萝》)的与世隔绝生活，已经更加自觉地持着
"世界微尘里，吾宁爱与憎"（同上）、"此情可待成追忆，只是
当时已惘然"(《锦瑟》)的态度了。这个阶段可以称为义山创
作的颓废期，或曰衰老期。

第二辑

李商隐酷爱花木。最能表现他对花的迷恋的，大概应数《花下醉》这首诗：

> 寻芳不觉醉流霞，倚树沉眠日已斜。
>
> 客散酒醒深夜后，更持红烛赏残花。

此诗无主语，抒情人应该就是作者本人，但也不妨看成是诗人对一个爱花恋花、把花当作知己好友者的刻画描绘。

总之，此诗用传统术语评之，可谓"有韵""有情致"，亦即"含思婉转，措语沉着"而有意境。主人公的雅兴绮怀影响后人，苏轼乃有"只恐夜深花睡去，故烧高烛照红妆"的模仿。今天，我们则可视其为一段连贯性的电影镜头，倘拍摄出来，优雅的画面配上沁人心脾的音乐，可成极具韵味的电影诗。当然，其情节因富于诗意而有点夸张，也可反过来说：因夸张而富于诗意。人物动作有戏剧（曲）表演的意味，编为京昆剧的男角独舞，当极为潇洒优美，整个叙述框架和时间过程则相当清晰，纹丝不乱。

刘学锴、余恕诚先生的解说非常精彩："一二点题面'花下醉'，十四字中包含自寻至醉之全部过程，因爱花而寻芳，既得而流连称赏，因称赏而对花饮酒，因饮而不觉至醉（'醉流霞'双关，既醉于酒，亦醉于艳若流霞之花）。""因微醉而倚树，由倚树而不觉沉眠，由沉眠而不觉日已西斜。叙次分明，而又处处紧扣其爱花心理……三四忽柳暗花明，转出新境。客散，方可细赏；酒醒，则不至醉眼赏花；深夜后，方能见人所未见之情态。而'持红烛赏残花'，更将爱花、惜花之心理推至高潮。情致之曲折，风格之浑成，均义山所独有。（《李商隐诗歌集解》）二先生详揭诗歌内容的时间流程和镜头之转接，实即诗之叙事结构，与叙事学分析的精神暗合。

与《花下醉》异曲同工，又可相辅相成的还有一例。会昌年间，李商隐和妻子王氏曾暂住永乐（在今山西），虽然时间不长，对居处的花草树木却还是用心经营了一番。《永乐县所居，一草一木无非自栽，今春悉已芳茂，因书即事一章》，以五言排律的形式记录了春来花木繁盛的情景：

> 手种悲陈事，心期玩物华。
> 柳飞彭泽雪，桃散武陵霞。
> 枳嫩栖鸾叶，桐香待凤花。
> 绥藤萦弱蔓，袍草展新芽。
> 学植功虽倍，成蹊迹尚赊。
> 芳年谁共玩？终老召平瓜。

从诗面可见，商隐的永乐居处种植有柳、桃、枳、桐等树木，实际上可能不止这些。树上爬着菟丝茑萝的藤蔓，遍地碧草如茵、青翠一片。面对满园自栽的花木，李商隐心情舒坦，诗的情调轻松。他既期待着桃李成蹊，更夸张地梦想着鸾凤光临，甚至表示愿就此终老。

浏览李商隐诗，我们会发现他写到的花木植物种类繁多，除上述那些，从杨柳兰桂、松柏桑桐、桃李梅杏、修竹嫩笋，到石榴樱桃，各色槿花，牡丹芍药，白菊紫薇，莲荷（芙蕖），乃至丛芦野卉，等等等等。它们在李商隐那里，无不可以入诗。他不但善于描述自然世界花草林木的千姿百媚，而且总是与这些植物心灵相通。李商隐写的花草常常映照着他的心态。花乐，实是他心乐；花悲，皆因他心有悲。花草在李商隐笔下获得灵性，有时是代他诉说心事的知音，有时是与他对话的亲昵友伴。

请看早期所写的《牡丹》诗：

> 锦帏初卷卫夫人，绣被犹堆越鄂君。
>
> 垂手乱翻雕玉佩，折腰争舞郁金裙。
>
> 石家蜡烛何曾剪，荀令香炉可待熏。
>
> 我是梦中传彩笔，欲书花叶寄朝云。

把花瓣重叠、盛开怒放的牡丹想象成男女大美人，把静穆庄重的硕大花朵渲染为身穿盛装在尽情舞蹈，再让姿色秾艳的鲜花散放出醉人的芳香。一口气三联隽语，充分主观化的客观叙述，给本就国色天香的牡丹灌注了活泼可爱的灵魂。人们读诗，在领略牡丹之美的同时，也许会想到：作者（抒情人、叙述者）还始终没有露面呢。是的，是这样。前三联的描写让人目不暇接，让人充分领略牡丹的色香味，诗人可谓倾全力打造。直到尾联诗人才以"我"的身份亮相，向牡丹致敬，向读者致意。诗人说：我刚刚像古才子江淹一样，在梦中得到神赐的彩笔，这就要把牡丹的美艳写于花叶，报告给上天呢！上面三联诗就是我的报告呀。乐观高昂、自负才华的情绪溢于言表。虽然诗中并无更多可供考订创作时间的线索，徐湛园、冯浩等注家推定此为义山早年之作，甚为有理。

李商隐另两首写牡丹的诗，本来编在集外，但题上有"回中"二字标明了地点（空间），加上诗情亢奋激烈，寓意显著，与"锦帏初卷"那首的写法显然不同。后来的注家将其移至编年部分，论定为商隐在京试宏词被诬"大不堪"，到泾原幕府又受排笮时愤慨而作。这种结合"诗外之事"（生平遭际等）来解说"诗内之事"的办法，固然带有猜测推想的成分，但不失为可行思路。且看《回中牡丹为雨所败二首》之二：

浪笑榴花不及春，先期零落更愁人。

玉盘迸泪伤心数，锦瑟惊弦破梦频。

万里重阴非旧圃，一年生意属流尘。

前溪舞罢君回顾，并觉今朝粉态新。

仅从诗面看，已有"零落""愁人""迸泪""伤心""惊弦""破梦"等一连串哀愤之词，诗的基调情味与"锦帏初卷"那首可谓截然相异。在写法上，作者/抒情人几乎与被雨打残的牡丹浑然一体，全诗不妨视为牡丹的自语，作者不过是个化身般的代言人而已。而这个代言人则借了牡丹的命运，完美而准确地寄托了自己的情思，进而抒发了对未来的不祥预感。所谓结合相关"诗外之事"以了解"诗内之事"，其精神其实就是"知人论世"和"以意逆志"。据此，我们注意到这里抒发的愤懑，可能还是早年的，似还不是完全的失望与颓丧。这颇似《初食笋呈座中》"皇都陆海应无数，忍剪凌云一寸心？"两句所流露的那种虽委婉却深刻的忧愁之情。

随着经受的打击增长，悲愤的强烈程度呈不断上升之势。在李商隐诗后来的草木篇中，有着鲜明变化痕迹可寻。试看以下诸首——

《杏花》（上国昔相值），对周围环境的描写就更暗淡，而情绪也更低落了。他对杏花说：你现在的处境是"援少风多力，墙高月有痕"，既然如此，你"为含无限意，遂到不胜繁"又有何用？还不是只能得个"几时辞碧落，谁伴过黄昏"的凄凉下场？所以，还是"莫学啼成血，从教梦寄魂"吧。这是诗人对杏花的谆谆叮咛，也是他愤懑至极时自我慰藉和解脱的呼喊。

《十一月中旬至扶风界见梅花》所写的梅花虽是"匝路亭亭艳"，而且香气泡泡远扬，可是却开得那么不合时宜！诗人一语道破，一个"非时"，点出了它的厄运。你看，它为这个季节最活跃的素娥、青女们所不待见，在应酬场中全无可用，除了"伤离适断肠"以外，还能有什么好结果呢？诗人不能不为它发出沉重的慨叹："为谁成早秀，不待作年芳！"这全诗殿尾的抒情句，不也就是诗人的自悲自叹吗！

《天涯》："春日在天涯，天涯日又斜。莺啼如有泪，为湿最高花！"多次的离家远行，永无希望实现抱负，面对心爱的花，只有挥泪以向了！

《落花》："高阁客竟去，小园花乱飞。参差连曲陌，迢递送斜晖。肠断未忍扫，眼穿仍欲稀。芳心向春尽，所得是沾衣。"这几乎是对花的告别词了，景象是如此凄清惨淡，前途是如此阴暗渺茫，心情是如此悲伤低沉、无奈无望。如果我们说，从中可以读出诗人生命晚期的典型心绪，应该不是捕风捉影、无中生有吧。

试从情绪的高昂低落、笔调的轻快沉重，比较着阅读李商隐诗的草木篇，借以探索诗人心灵世界的丰富和变化，不是也挺有意思吗？

前人还注意到商隐此类诗的寄托和寓意现象。比如，柳是李商隐所钟爱的，他写过很多首以杨柳为题的诗，单纯咏物的不多，大抵有所寄托或寓意。著有《李义山诗集笺注》的清人程梦星说：

> 义山柳诗凡十余首，各有寄托，其旨不同。有托之以喻人荣枯者，如"已带斜阳又带蝉"七绝是也。有托之以自感蹉跎者，如"不信年华有断肠"七绝是也。有托之以悲思文宗者，如"先帝玉座空"是也。有托之以感叹跋涉者，如《关门柳》七绝"不为清阴减路尘"是也。有托之以自叹斥外者，如《巴江柳》"好向金銮殿，移影入绮窗"五绝是也。有托之以自写其平康、北里之所遇者，如五律《柳》一首、《赠柳》一首、《谑柳》一首、七绝《柳》一首、《柳下暗记》一首、《离亭赋得折杨柳》二首是也。

寄托深微，诗意多层，本是玉谿诗的标志性特点，他的杨柳诗当然不会例外。程梦星所言诚是。不过，程梦星也认为，李商隐杨柳诗中有记述艳遇、借物写人之作。上面引文中所说的最后一种情况，应该就是。五律《柳》云：

动春何限叶，撼晓几多枝。
解有相思否？应无不舞时。
絮飞藏皓蝶，带弱露黄鹂。
倾城宜通体，谁来独赏眉！

程梦星的判断是："此首语语是柳，却语语是人。"但究竟是什么人呢？他暂时按下不表，转作句解，曰：首句"言其会合之情"，次句"言其离别之时"，三四"言黯然销魂，彼此无奈，望远惆怅，当有同心"，五六"言弱质飘荡，难保迷藏，蝶去鹂来，恐所不免"，结句"则举其艳丽殊绝，以著其相思难已也"。原来，此柳非他，正是作者眼中的女子。程梦星始终没有指明此女是谁，但接下来说了唐代文人的一个习惯："唐人言女子，好以柳比之，如乐天之杨柳、小蛮，昌黎之倩桃、风柳以及《章台柳》词，皆然。"至此乃隐约点明：此女子无非侍姬婢女或歌伶家妓之流。

冯浩完全赞同程氏说法，并进一步指出："余更信其为柳枝作。"把这首诗的描写对象落实为商隐的初恋情人柳枝。纪晓岚和张采田也表示基本同意，但纪因此斥此诗为"格卑""佻薄"，张则为义山辩护，认为"艳体应尔"——艳体诗嘛，就该如此！

今人刘学锴、余恕诚比较众人说法，在此诗为艳体诗这一点上，认同前人观点，但否认此女就是柳枝。刘、余认为："末联谓倾国者应通体皆美，谁来独赏柳眉乎？似是其人以眉目传情，而作者因此谑之也。""末联口吻确如纪氏所云尤为佻薄，恐义山不至以此种调侃语气写柳枝也。"[①]

我们把此女是否为柳枝的问题权且搁置，先来看诗意所营造的"人柳合一"。

的确，李商隐这首诗，说是写柳，固然非常贴切，说是写人，也完全可以理解。

"动春""撼晓"，把杨柳的枝条之美放在时间的框架里。春天，一年之始；清晓，一日之始。是柳树枝条在撼动春晓，唤醒春晓！事实上明明是春天和清晓唤醒了杨柳，诗人却偏要说是

---

① 以上所引程梦星、冯浩、纪昀、张采田及刘学锴、余恕诚诸人之语，皆见刘、余合撰《李商隐诗歌集解》（增订重排本）第 4 册，1736—1737 页，中华书局，2004 年版。

杨柳唤醒了春天清晓。这里诗人运用修辞手法将杨柳变成主体，其效果是更加突出了杨柳般袅娜妩媚的那个人。诗人又向杨柳提问：你随时随地应风而舞，你为什么总显得那样缠绵柔美，仿佛对什么依依不舍似的？你懂得相思吗？这两句把杨柳人化了，也可以说实际上是在写人，写那个身姿和命运都跟杨柳一般的女子。下两句就把注意力从身姿移向命运，词面不离杨柳，涵义却令人玩味。"絮飞""带弱"都贴切着杨柳，杨柳无法自主，当然不能拒绝"皓蝶""黄鹂"们的亲近乃至纠缠。处于此种命运遭际之中的女子，在古代，是些什么人，不言自明。

前六句解释过后，关键的尾联到了。这两句究竟何意？是持"此女柳枝说"者认为的遗憾，妒忌——柳枝通体归了别人，我却只能欣赏她的面貌！如果李商隐真对柳枝这么说，哪怕是真有这种想法，确实堕于"佻薄"，所以我们宁可相信刘、余的说法。把这两句看作诗人对某个妓女的谐谑打趣。我们这样想，也是有根据的。

柳枝，的确是李商隐的初恋情人，她是洛阳一位平民的女儿。

其实，柳枝未必是这个姑娘的真实名字，或者只是家里叫的小名，甚至可能是诗人对她的昵称。也许在诗人心目中，她的形象和婀娜多姿的柳枝竟是重合的。她的清新美丽，用唐人的习惯称呼，就应该是"柳枝"二字。

柳枝是那样清纯勇敢，她被诗人的才华吸引，主动地追求，但他们终于分手了，作为平民之女，她是被"东诸侯取去矣"。为此，商隐写过五首南朝乐府体的小诗，题曰《柳枝五首》，冠以一篇动人的序，细腻地描述了她的天真可爱和艺术气息，"涂妆绾髻，未尝竟，已复起去。吹叶嚼蕊，调丝撷管，作天海风涛之曲，幽忆怨断之音"，使这个十七岁少女的形象至今活灵活现地存在于广大读者眼前。在诗里，李商隐以浓香馥郁的丁香树和青翠碧绿的嘉瓜来比喻情窦初开的柳枝："本是丁香树，春条结始生""嘉瓜引蔓长，碧玉冰寒浆"，珍贵，纯洁，香气醉人，充满活力，令人爱怜。但终因"同时不同类"，他们的恋爱中断了。这件事成为诗人心中永远的痛，诗人低吟："柳枝井上蟠，莲叶（诗人自比）浦中干。锦鳞与绣羽（以柳莲鱼鸟分喻二人），水陆有伤残。""玉作弹棋局，中心亦不平！"诗人剸心而无奈的情感难以遏止。在这些诗的第一首中，诗人就点明他们恋爱不成的原因："花房与蜜脾，蜂雄蛱蝶雌。同时不同类，那复更相思！"李商隐出身官僚家庭，柳枝是洛阳平民，父亲是个商人，他们不属于一个阶级，难以逾越的社会层级鸿沟，使他们的关系只能无疾而终。

对这样的姑娘，好感与惋惜显然占据主导，李商隐再佻薄应该也不至于轻飘飘地调侃她像一般妓女那样迎来送往。这就是我们信从刘、余之说的理由。

只因杨柳在李商隐的生活和创作中，确实重要，以致有些惯于寻觅诗之本事和歌咏对象的注家一看到他的柳诗或诗中提到"杨柳"，就敏感地联想到柳枝姑娘（或据说曾关照过他的官员杨嗣复），实在未免牵强附会。当然，诗人心中究竟是怎样想的？那只有起诗人于地下而问之了。

说实话，前面这首五律《柳》在李商隐诗里，不算好，特别是最后两句，显得有点突兀，似与前面六句不搭，意思不够明确。作为一首完整的作品，诗情画意都欠浓郁。同样以柳（折柳）为题而咏叹别离之悲的《离亭赋得〈折杨柳〉二首》要好得多：

暂凭樽酒送无憀，莫损愁眉与细腰。

人世死前惟有别，春风争拟惜长条。

含烟惹舞每依依，万绪千条拂落晖。

为报行人休尽折，半留相送半迎归。

"折杨柳"既是唐人送客远行的一种风俗，又是古代传下来的一支曲子。李商隐此诗题目写得清楚，是在离亭按《折杨柳》的主题和意绪所作，而即将离去的行人就是以"无憀"自称的诗人自己。首句七字叙明事件，次句诗人反慰送行者，"愁眉""细腰"，指女子，亦可指柳。第三句抒情，诗人直吐心声，把离别夸张得跟死一样苦，即所谓"生离无异死别"——这句也可理解为诗人对送行者和杨柳树所说的话。第四句正赋折柳，生离死别如此痛苦，那么，为送别而折柳就别感到太可惜了吧。诗仅四句，而角度变换灵活，结构转折有致，意绪多情而强烈。第二首前两句正赋杨柳，是客观的叙述描写，情景如见。后两句作叮咛语，一方面紧扣折杨柳的题目，一方面更是表达不久归来的愿望，意绪转向缠绵而深沉。这种诗无疑是更耐咀嚼的。

李商隐写花而实为写人的篇章，并非只有柳诗。《槿花二首》（"燕体伤风力""珠馆薰燃久"），就堪称此类诗的代表。不过，我们且把它们留待"亦仙亦道女性美"那节来谈吧。

总的来说，商隐爱选偏于柔媚娇艳的花草入诗，但也不尽然，也有颇显阳刚之气的。如《题小松》，如《武侯庙古柏》。特别是后者，诗人瞻仰咏叹的不仅是几株古柏，更是"功盖三分国"的诸葛亮,也许心中还想到主持会昌朝政、取得安边平藩之功,却横遭贬逐的李德裕,流露和表达的是对他们"鞠躬尽瘁,死而后已"精神的无限崇敬。所以,这首诗也就写得格外庄严肃穆,气度非凡:

蜀相阶前柏,龙蛇捧闷宫。

阴成外江畔,老向惠陵东。

大树思冯异,《甘棠》忆召公。

叶凋湘燕雨,枝拆海鹏风。

玉垒经纶远,金刀历数终。

谁将《出师表》,一为问昭融!

此外,李商隐诗草木篇还涉及作者思想艺术的好多方面,如《赠荷花》"世间花叶不相伦,花入金盆叶作尘。唯有绿荷红菡萏,卷舒开合任天真。此花此叶长相映,翠减红衰愁杀人",以花叶关系为喻,提出一个富于哲理性的问题。又如他爱用花果嘲答戏谑的方式创作,形成一组组幽默诙谐之作,颇反映其性格之多面。他创造了不少与花草有关的优美诗句,如"晚晴风过竹,深夜月当花"(《春宵自遣》)"绿筠遗粉箨,红药绽香苞"(《自喜》)"桥回行欲断，堤远意相随。忍放花如雪，青楼扑酒旗"(《赠柳》)"已悲节物同寒雁，忍委芳心与暮蝉"(《野菊》)等，其修辞功力可观。这些均值得我们玩味思索。不过，这里就暂不一一细说了。

　　李商隐对自然物，尤其花草虫鱼都有一份很深的感情，这是一种爱心，对有益于人而又弱小无助者的慈爱之心。这种心态成就了商隐许多诗——商隐的郁郁诗兴，有一部分就是来源于此。这部分诗，可以说是爱心与诗情的统一。

　　举个典型的例子。大中年间，商隐已在梓州东川节度使柳仲郢的幕府生活了三年多。有《二月二日》诗纪游，云：

　　二月二日江上行，东风日暖闻吹笙。

　　花须柳眼各无赖，紫蝶黄蜂俱有情。

万里忆归元亮井，三年从事亚夫营。

新滩莫悟游人意，更作风檐夜雨声。

此时商隐妻子王氏已去世，留下一男一女两个孩子，还都年幼。商隐外出游幕，他们不能随行，只能寄养于长安。商隐对他们非常挂念，有《杨本胜说于长安见小男阿衮》诗为证。可是，春天来到，二月二日踏青节这一天，商隐依蜀地民俗出游江上，心情倒还不错。"花须柳眼"一联，以温情喜悦的口吻描写春日景象，在他眼里，花有须，柳如眼，神气活现，像调皮捣蛋的小孩，在与人嬉笑；五彩斑斓的蝴蝶蜜蜂翩翩飞舞，仿佛对春天对游人颇多感情。这两句其实都是诗人眼中之景，因为心情不错，看出去连花须柳眼、紫蝶黄蜂都那么快乐。而从这两句的叙述口吻，就可见商隐对自然物、一些小精灵真是充满了疼爱之心，他把花、柳、蜂、蝶都视为可爱的小孩，说起它们，就一片柔情。

这种柔情尤其表现在那些小诗中，像这一首："孤蝶小徘徊，翩翩粉翅开。并应伤皎洁，频近雪中来。"而"紫蝶黄蜂"则成为商隐爱用的春天组合，诗中不止一次用到。其《闺情》诗，描写"春窗一觉风流梦"，就有"红露花房白蜜脾，黄蜂紫蝶两参差"之句。

蝴蝶翩飞的轻柔姿态，常逗引起商隐的诗情，他的描写常会使人联想起蝴蝶动感十足的美妙舞姿，也可以联想到沾花惹草的冶游之人。"飞来绣户阴，穿过画楼深。重傅秦台粉，轻涂汉殿金。相兼惟柳絮，所得是花心。可要凌孤客，邀为子夜吟！"这首以"蝶"为题的诗，写得浅切轻灵，游戏意味颇重。也有很多以"蝶"隐喻弱者命运无定，遭际不幸，婉曲的同病相怜之情使诗带上了感伤的风味。

叶叶复翩翩，斜桥对侧门。

芦花惟有白，柳絮可能温。

西子寻遗殿，昭君觅故村。

年年芳物尽，来别旧兰荪。

初来小苑中，稍与琐闱通。

远恐芳尘断，轻忧艳雪融。

只知防浩露，不觉逆尖风。

回首双飞燕，乘时入绮栊。

　　前一首从蝶的飞舞写到它的寻觅。诗的意境里，蝶与古代美女西施、王昭君的精魂叠合，也与她们大起大落的悲剧人生融渗，诗人眼前翩翩飞过的蝴蝶与西施、昭君的故事形象地阐释了"记忆与寻觅"的含义。

　　后一首的蝶是泛化的拟人，蝶成了有所追求却不谙世事者的化身——不管你多么小心留神，总躲不过世俗防不胜防的打击，你只顾提防铺天盖地冰凉的"浩露"，谁知又碰上了又尖又硬打头风！你并不傻，你能够发现别人因为乖巧乘时而双双"入绮栊"，可惜的是偏偏你学不来这一套！应该说，这首蝶诗把当时官场的世态人情刻绘得让人怵目惊心。"双飞燕"在这里成了被讽刺的对象，为了写诗只能如此，其实商隐对轻盈掠飞的燕子并无多大恶感，一般多用以比喻作幕为生的文士。冯浩认为《越燕二首》有拿燕子自比之意，特别是将"燕鸿"组词，褒义明显，如咏刘蕡遭贬的"已断燕鸿初起势，更惊骚客后归魂"（《赠刘司户蕡》）。

　　小小的蜜蜂也受到商隐特殊的爱怜。他在《柳枝》诗中把自己和柳枝分别比为蜂和蝶，在《燕台诗·春》中更以"化身为蜂"的构思，描述了爱情的萌动和苦闷。诗云："风光冉冉东西陌，几日娇魂寻不得。蜜房羽客类芳心，冶叶倡条偏相识。"这开头四句，不就是描写蜂儿在柳丝花丛中营营地飞动，苦苦地寻觅吗？这蜂儿被爱称为"蜜房羽客"，叠合了蜜蜂和黄冠道士二者的意象，又正是春情萌动者的"娇魂"，而寻觅则是其行为的主旨。飞啊飞啊，他终于看到了："暖蔼（霭）辉迟桃树西，高鬟立共桃鬟齐。"恋爱对象出现了，而且年轻美丽。可是，爱情却可望而不可即："雄龙雌凤杳何许，絮乱丝繁天亦迷！"由此拉开故事的序幕，接下去，我们便看到了失恋，一连串的精神挣扎，醉酒、困睡、梦思、求道、告天、绝望、苦挨……蜜蜂虽小，它的飞动寻觅却成了兴起和推动整首诗的原动力。

"化身为蜂"还给商隐提供了叙述仕途遭际的诗思。其《蜂》诗云：

> 小苑华池烂漫通，后门前槛思无穷。
> 宓妃腰细才胜露，赵后身轻欲倚风。
> 红壁寂寥崖蜜尽，碧檐迢递雾巢空。
> 青陵粉蝶休离恨，长定相逢二月中。

前引《蝶》诗曾请西施、王昭君登场，这次借蜂抒怀，请出的是赵飞燕和洛神宓妃。这几位都是古代以身材袅娜、舞姿曼妙为特色的美女，是她们的风采使诗人联想起蜂蝶的飞舞，还是蜂蝶的飞舞使诗人想起了她们的风韵？总之，这两对比喻，倾注的都是深情的赞叹。当然，诗思并未到此为止，无论蜂蝶还是四美，都是结局悲惨的弱者。四美均沦于悲苦，甚至冤死。而作为蜂蝶，它们赖以为生的花粉崖蜜，早被捷足者掠尽，弄得所居的陋巢空空如也。唯一可以告慰的，大概只有二月可得相逢的期待罢了。有论者以为此诗尾联表达了商隐对妻子的慰勉，因此是商隐某次离家赴幕任职时所作。这是解诗过于求实倾向的表现。如果把诗视为商隐对整个人生的影指，或许情味更佳。

除了蜂蝶，引动商隐诗情的小生命，成为他抒愁寄恨小精灵的，还有蝉和莺鸟。《蝉》与《流莺》，一首五律，一首七律，是玉谿诗集中的两首名诗：

> 本以高难饱，徒劳恨费声。
>
> 五更疏欲断，一树碧无情。
>
> 薄宦梗犹泛，故园芜已平。
>
> 烦君最相警，我亦举家清。

流莺飘荡复参差，渡陌临流不自持。

巧啭岂能无本意，良辰未必有佳期。

风朝露夜阴晴里，万户千门开闭时。

曾苦伤春不忍听，凤城何处有花枝！

　　《蝉》诗的特色，是通过诗人与蝉的对话来传达题旨。《流莺》的特色是更纯粹的象征手法。

　　"本以高难饱"四句，是对高树吟蝉品格的精确刻画，同情之意溢于言表，但笔调仍保持客观冷峻。尤其后二句，将蝉的嘶鸣与大树的碧绿无声对写，不动声色而有责怪大树之意，似谓蝉已叫喊得如此声嘶力竭，你怎么还是毫不动心，照旧一树碧绿呢？按理说，这责怪其实不太合逻辑——蝉鸣与树绿本不相干，蝉之忍饥苦吟怪得着大树吗？——但此处本非说理而是抒情，倒成了绝妙的诗语！历来此二句获评最多，如沈德潜评为："取题之神。"朱彝尊评曰："第四句更奇，令人思路断绝。"亦有人评为"似是而实非"、"可思而不可言"，而以钱良择批语最到位，云："神句！非复思议可通，所谓不宜释者是也。"①

---

①　刘学锴、余恕诚《李商隐诗歌集解》初版第 3 册，1027—1029 页。

即诗语虽未免说得强词任性似不在理，却能够动人心扉，神妙不可言。堪比"不先摇落应为有，已欲别离休更开"（《临发崇让宅紫薇》）、"浮世本来多聚散，红蕖何事亦离披"（《七月二十九日崇让宅宴作》）等句，有异曲同工之妙。这可以说是《蝉》诗的一个特点。

《蝉》诗更重要的特点在后四句，如果说前四句是诗人的客观陈述，是说给所有读者听的，那么后四句则是将蝉当作了特定的受述者，诗人转对蝉倾诉，蝉在这里不但与他同病相怜，最后还被称为"君"，成了他的知音和勉励者。这样写来，诗人与蝉儿的关系便更亲切，诗意也更丰厚浓郁。纪昀概括本诗："前半写蝉，即自喻；后半自写，仍归到蝉。隐显分合，章法可玩。"话说得很精当，但略嫌简单了些。

与《蝉》诗不同，《流莺》以更强的象征性为特征。诗人自己没有出场，而像导演一样让流莺的表演来完成全部意旨的表达。流莺的遭际、苦闷与怀才不遇、报国无门的诗人太相像了，流莺不妨说就是诗人，就此而言，则《流莺》又可说与《蝉》"同一关捩"（纪昀语）。其象征之意，也就很容易地被读者理解，算不得很深奥的象征之作。

像这样寓意浅显的小诗，还可举出《鸳鸯》和《题鹅》。

《题鹅》：

　　眠沙卧水自成群，曲岸残阳极浦云。

　　那解将心怜孔翠，羁雌长共故雄分。

《鸳鸯》：

　　雌去雄飞万里天，云罗满眼泪潸然。

　　不须长结风波愿，锁向金笼始两全。

　　它们的诗面是咏鹅和鸳鸯，寓意为何，毫不隐晦，只要稍知商隐身世，应该都能正确解读。读者诸君不妨一试。

　　《北禽》似乎较稍为隐晦朦胧些，但其比喻寄托之意也与商隐身世分不开：

　　　　为恋巴江暖，无辞瘴雾蒸。

　　　　纵能朝杜宇，可能值苍鹰。

　　　　石小虚填海，芦铦未破矰。

　　　　知来有乾鹊，何不向雕陵？

　　诗是在东川幕府时所作，商隐籍贯河南，来到西南的蜀地谋生，故自称"北禽"。虽然府主柳仲郢（以杜宇比之）为人宽厚，待自己很好，但不知幕中可有苍鹰式的劲敌（不限于牛党中人）。自己能力有限，愿学习庄子之智，具备防患之心（释后四句意）。此诗用典较多，赖前人笺释而明。这里还是从借小动物寄托抒情着眼，其特色是不定何种动物，而用了一个笼统的"北禽"之名。这个特点下面还将提到。

商隐诗中还出现自然界并不存在，纯系想象之动物，那就是龙和鸾凤之类。商隐诗中有以《鸾凤》为题的，更多以"龙、凤"入诗的，大多各具喻义，像"雄龙雌凤杳何许""雌凤孤飞女龙寡""身无彩凤双飞翼""龙护瑶窗凤掩扉""岂知孤凤忆离鸾""鳏鱼渴凤真珠房""离鸾别凤今何在""雏凤清于老凤声""紫凤青鸾并羽仪"等等，还有更多例子不胜枚举，值得细究。不过，它们都是庞然大物，不能算小精灵，我们这里暂时不谈也罢。

我们要谈到商隐以禽鸟为歌咏对象、寄慨最深沉而广大的作品。似莫过于《宿晋昌亭闻惊禽》诗：

羁绪鳏鳏夜景侵，高窗不掩见惊禽。

飞来曲渚烟方合，过尽南塘树更深。

胡马嘶和榆塞笛，楚猿吟杂橘村砧。

失群挂木知何限，远隔天涯共此心。

此诗应属即景有感之作。诗的主人公是失偶鳏居的诗人自己，叙述的是他某次寄宿晋昌里令狐绹宅，夜不能寐，窗外惊禽扑飞的声音触动了他的思绪与灵感的经历。

所谓"惊禽"，没说明是哪种鸟，只是个笼统的总名，与上引"北禽"有点类似。不过"北禽"是商隐个人的自比，"惊禽"所指则是群体。"惊禽"，在诗中指本已夜宿安眠而重被惊起的水鸟。它们在深夜扑棱棱盲目惊飞的声音使羁绪鳏鳏不能入睡的诗人想得很多。

关键是诗的中间两联，十四个字大体是两层意思。

一是想象这群惊禽夜飞的状况。诗句像是演奏一曲由近及远，又从杂响到渐静的音乐，细腻地表现了惊禽们的惊恐和躁动。一群禽鸟在夜空中扑飞，诗人在屋内似能感受到它们的慌乱。曲渚、南塘基本上还在晋昌亭附近，不算很远。

另一是由此想象得更广更远，由惊禽而联想到这世界上更多不能安生、夜不能寐的人。诗人仿佛听到万里之外胡马的嘶鸣和守边战士思乡的笛声；他仿佛听到楚地山中猿猴的悲啸和那里彻夜为征戍者捣衣的砧声。

难能可贵的是，诗人没有局限于个人的哀苦，他的心胸显然更为宽广，他和这些远在万里外的人和事息息相通。包括诗人在内，这是一大批"失群挂木"之人，诗人自认是他们中的一员，所以结尾忍不住喊出"远隔天涯共此心"的响亮呼声。对此，前人解得好，评得也好："以晋昌亭上一鳏夫之心，体贴天下无数鳏夫并一切征人思妇之心也。如其仁，如其仁！"（《山满楼笺注唐诗七言律》引赵臣瑗语）李商隐这首诗的境界很高，他的呼声已接近杜甫《茅屋为秋风所破歌》"大庇天下寒士俱欢颜"的意味。

诗中自古也有令人厌恶的动物。像《诗经》中就把残酷剥削百姓的人比为"硕鼠"，把荒淫无耻的统治者比为"相鼠"等。

义山也有讽刺的对象。《洞庭鱼》以湖中鱼儿"闹若雨前蚁，多于秋后蝇"讽刺名利之徒的蝇营狗苟，而自己则"浩荡天池路，翱翔欲化鹏"，形成强烈对比。《赋得鸡》以鸡的"稻粱犹足活诸雏，妒敌专场好自娱"讽刺割据专权和尸位素餐者。不过此类诗数量不多。

总之，无论喜恶，小精灵总能给诗人提供创作的灵感和动机，是商隐诗情的一大来源，值得我们留意。

李商隐关注女性命运，可能与其同情两个姐姐的不幸遭遇有关。而对女性的尊敬，则与其家实由女性（母、祖母）支撑有关。李氏几代男丁偏少，李商隐祖父早故，父亲寿也不长，家庭全赖曾祖母卢氏和母亲（姓氏不详）艰苦维持，他和弟弟羲叟等才得以长大成人。

"始夫人既孀，教邢州君（商隐祖父）以经业得禄，寓居于荥阳。不幸邢州君亦以疾早世。夫人忍昼夜之哭，抚视孤孙（商隐父李嗣）。……后十年，夫人始以寿殁。"这里的夫人指商隐的曾祖母。

商隐母亲的命运也差不多。先是跟着李嗣"浙水东西，半纪漂泊"，那时商隐不过是一个刚要开蒙上学的娃娃，弟妹们就更小。"家难旋臻（李嗣死）"，只得举家北返，"四海无可归之地，九族无可倚之亲。既袝故丘，便同逋骇"，商隐母亲的处境之难可想而知。

中国虽是个男尊女卑的社会，但对各年龄层次的女性有不同的要求，评价标准也有所不同。传统是对于做了母亲的妇女格外敬重，人的这一天性总算得到肯定和发扬。这从李商隐请卢尚书撰写《曾祖妣志文》《李氏仲姊河东裴氏夫人志文》和他自撰的有关祭文，就能看出。

对于妇女的美，传统上亦有不同的标准和观察角度。请看李商隐对嫁与河东裴氏、婚后未能过门而早逝的二姐的描写：

> 仲姊生禀至性，幼挺柔范，潜心经史，尽妙织纴。钟、曹礼法，刘、谢文采，顾此兼美，自乎生知。

商隐显然是从德、才、艺等诸方面来评价和赞美二姐的，这些当然都是女性美的根本和重点。

不过，这些内容在李商隐诗中却很少得到表现，他的诗更多是从男性视角描写女性姿容神态、气度情韵之美，流露的是他对爱的畅想、记忆、留恋和对女性命运的关切。商隐青年时曾"学仙玉阳"，在道观生活过一段时间，与男女道士都有所接触，对他们的生活和情感有较多了解，并且曾与女道士宋华阳产生过恋情。虽然李商隐与女冠恋爱的详情已难确切考证，但他因此写过不少风怀旖旎、词章艳美的诗篇，或者某些诗中多多少少留下些痕迹，却是历代读者公认的。这些便与我们今天将要介绍的主要内容有关。

其实，饮食男女，人之大欲存焉。留意异性之美，乃至相互吸引，本是人之常情；男诗人欣赏女性之美并在诗中有所表现，更是常见之事。中国诗歌传统中，从来就不缺少此类内容，李商隐在这方面可以说是既有继承，又有发展。

号称"思无邪"的《诗经》其开篇第一首《周南·关雎》歌咏的就是男女的恋情，虽未直接言说女主人公的美丑，但听那"窈窕淑女，君子好逑"的歌声，看男主人公对她强烈执著的追求，这位淑女之美貌、美德、美才、美行自然是无可怀疑的。至于《卫风·硕人》，可谓古诗描写女性体貌美之祖，"硕人其颀，衣锦褧衣。……手如柔荑，肤如凝脂。领如蝤蛴，齿如瓠犀，螓首蛾眉。巧笑倩兮，美目盼兮"，一连串鲜活的比喻，生动具体地描绘了女性的身材体态、眉目笑靥，成为正面描摹赞叹女性之美的千古名篇。

乐府民歌在这方面的表现自然更为酣畅自由。汉乐府《陌上桑》写女主人公罗敷之美，用的是正面描写和侧面烘托相辅的手法：

> 日出东南隅，照我秦氏楼。
>
> 秦氏有好女，自名为罗敷。
>
> 罗敷善蚕桑，采桑城南隅。
>
> 青丝为笼系，桂枝为笼钩。
>
> 头上倭堕髻，耳中明月珠。
>
> 缃绮为下裙，紫绮为上襦。
>
> 行者见罗敷，下担捋髭须。
>
> 少年见罗敷，脱帽著绡头。
>
> 耕者忘其犁，锄者忘其锄。
>
> 来归相怨怒，但坐观罗敷。
>
> ……

这富有戏剧性的描述同样成为文学的经典。悲剧性的《孔雀东南飞》(原题为《古诗为焦仲卿妻作》)对女主人公刘兰芝才艺的描写"十三能织素,十四学裁衣"一段,已很精彩,至其辞别焦母一节,更是突出了她的妆容气度服饰之美:

> 鸡鸣外欲曙,新妇起严妆。
>
> 著我绣夹裙,事事四五通。
>
> 足下蹑丝履,头上玳瑁光。
>
> 腰若流纨素,耳著明月珰。
>
> 指如削葱根,口如含朱丹。
>
> 纤纤作细步,精妙世无双。

这种美的刻画无疑为她被逼迫而死的不幸命运增添了更浓郁的悲剧色彩,也增强了全诗的控诉力度。

南朝宫体诗善写女性之美,以前一直被正统观念所诟病。但新编的文学史书思想解放,对其做了重新评价。如章培恒先生指出:"齐、梁文学中表现所谓'艳情'的风气在宫体诗中表现女性题材的作品出现之前已有渐渐扩展的势头。这是文人文学的传统、民间乐府诗的影响,齐梁文人的审美情趣等多种因素重合的结果。"并且肯定萧纲创作此类作品,实含有违反乃至触犯统治者身份和规则的意味。"在文学史上，宫体诗中女性题材的作品客观上起到了扩大诗歌的审美表现范围的作用，其实际影响是广泛而深远的。唐代李白、李贺、李商隐的诗，都有这类诗风的痕迹；晚唐五代词，更被指为富于'宫体'气息。"①

的确，李白诗写到女性题材，仅乐府体的，即有《长相思》《乌夜啼》《双燕离》《杨叛儿》《于阗采花》《王昭君》《中山孺子妾歌》《采莲曲》《白头吟》《子夜吴歌》《春思》《思边》《独不见》《白纻辞》《妾薄命》《东海有勇妇》《怨歌行》《秦女休行》《捣衣篇》《去妇词》等多篇，另有标为"闺情"的诗近六十首②几乎都对妇女的遭遇表达了深切的同情，有的篇章则着重讴歌了她们的善与美。

李贺诗总量不及李白，但歌赞女性美善或叹息她们不幸遭际的作品却也不少，像《苏小小墓》《洛姝真珠》《李夫人》《湘妃》《宫娃歌》《谢秀才有妾缟练，改从于人，秀才引留之不得，后生感忆，座人制诗嘲诮，贺复继四首》《冯小怜》《贝宫夫人》《兰香神女庙》《美人梳头歌》《许公子郑姬歌》《神仙曲》《静

---

① 章培恒、骆玉明主编《中国文学史新著》，增订本第二版，上卷364—365页，复旦大学出版社，2011年版。

② 詹全英主编《李白全集校注汇释集评》卷二四，百花文艺出版社，1996年版。

女春曙曲》等，仅从题目，即可窥见其所涉人物事情之广。总的说来，这些诗的基调也是赞美或同情。

就连一向被视为生活态度严肃的杜甫，在其回顾平生的长诗《壮游》中也涉笔写到"越女天下白，鉴湖五月凉"的情景，可知越女给他留下多么鲜明深刻的印象。他还在《佳人》诗中精心刻画出一位"天寒翠袖薄，日暮倚修竹"的高雅女子形象，寄托着他有关伦理道德和审美的理想。而在《月夜》诗中以"香雾云鬟湿，清辉玉臂寒"这样情深而语丽的诗句来描述与他两地相思的妻子，更显露了杜甫这位胸怀社稷、关心民生的诗人在夫妇关系上多情柔爱的一面。

李商隐正面写女性美，刻画少女形象的代表作，应数《柳枝五首·序》。

《柳枝五首·序》是一篇散文，虽然没有具体地写少女柳枝的眉目五官，但刻画其风姿神态可谓活灵活现。

（柳枝）生十七年，涂妆绾髻，未尝竟，已复起去。吹叶嚼蕊，调丝擫管，作天海风涛之曲，幽忆怨断之音。

这还是作者对柳枝艺术个性和平日憨态的概括介绍，下面则有对柳枝言行的细腻叙写——当她听商隐堂兄让山吟诵义山新作《燕台》诗时，竟激动得连连发问："谁人有此？谁人为是？"只八个字，就把当时柳枝的急切和直率充分呈现，人物形象呼之欲出。接着，当她知道诗的作者就是自己"里中少年叔耳"，便立即"手断长带"，托让山持赠约见，可谓主动而勇敢。初见之日，她的姿态是"丫鬟毕妆（请注意，不再是化妆未竟），抱立扇下，风障一袖"，虽然害羞，却还是由她率先开口邀请诗人到家做客，她的单纯热情于此表现无遗。在李商隐心目中，她外表很美，且蕴含着无限内美，故在《柳枝》诗中用春日含苞待放的丁香来比喻她："本是丁香树，春条结始生"，又把她形容成"碧玉冰寒浆"的鲜美无比的"嘉瓜"。而将此次未果的初恋描写成"柳枝井上蟠，莲叶浦中干。锦鳞与绣羽，水陆有伤残！"

柳枝可能是商隐初恋对象的名字，也可能是商隐给她的昵称，据说唐人喜欢把婀娜美丽的女子比为柳枝，或干脆叫做柳枝。也许因为这个缘故，李商隐对杨柳树一往情深，杨柳的风姿神韵常常激发起他的诗情。他写的许多柳诗，又常常令人感到似乎隐含着对柳枝姑娘的挚爱和怀念。

据前人研究，艳情主题在李商隐诗中占了不轻的分量，像《碧瓦》《镜槛》《拟意》《拟沈下贤》《曲池》《可叹》《日高》等都是属此类，《拟意》甚至因"全篇叙与女子欢会别离始末"而被称为"诗体的《游仙窟》"①。所以商隐诗中自然有不少描写赞叹女性之美的句子，如《河阳诗》的"龙头泻酒客寿杯，主人浅笑红玫瑰"，《河内诗·楼上》的"嫦娥衣薄不禁寒，蟾蜍夜艳秋河月"，《碧瓦》诗的"无双汉殿鬓，第一楚宫腰"，《燕台诗·春》的"暖霭辉迟桃树西，高鬟立共桃鬟齐"，以及《汴上送李郢之苏州》的"露桃涂颊依苔井，风柳夸腰住水村"，《赠歌妓二首》之一的"红绽樱桃含白雪，断肠声里唱《阳关》"，《酬崔八早梅有赠兼示之作》的"何处拂胸资蝶粉，几时涂额藉蜂黄"等等。据研究，这里所写对象的身份大都是贵人姬妾奴婢或歌女舞姬者流。总之，是在唐代社会中李商隐有机会观看到，甚或可能有所接触而又有兴致吟咏的女性人物。正如《无题二首》之二所透露的那样："闻道阊门萼绿华，昔年相望抵天涯。岂知一夜秦楼客，偷看吴王苑内花。"李商隐的艳情诗，大概不少就是这种窥视行为——也是文人生活的一

---

① 刘学锴、余恕诚《李商隐诗歌集解》（增订重排本）第4册1926页，中华书局，2004年版。

部分——的反映。

李商隐涉及女性美的诗，有一部分与女道士有关。他在青年时代"学仙玉阳"的经历和《赠华阳宋真人兼寄清都刘先生》《月夜重寄宋华阳姊妹》《寄永道士》等诗都是他与女道士瓜葛甚深的凭证。他有许多诗篇描写三清仙境，描写天上的琼楼玉宇和在那里生活的男女仙人，而且这些人在商隐笔下总是被写得很优美，他们的生活过得自由而轻松——历来被视为对道观和道士生活的曲折表现。

还是在初入令狐楚幕府中不久，李商隐写过一首题为《天平公座中呈令狐令公》(题下小注："时蔡京在坐，京曾为僧徒，故有第五句。")的诗：

罢执霓旌上醮坛，慢妆娇树水晶盘。

更深欲诉蛾眉敛，衣薄临醒玉艳寒。

白足禅僧思败道，青袍御史拟休官。

虽然同是将军客，不敢公然子细看。

这是一首很有趣的诗。"天平公"指时任天平军节度使的令狐楚。在他主持的一次宴会上，有漂亮的歌舞女子陪侍。诗写的就是这个女子如何靓丽得迷倒了客人。诗的首句点明这个女子曾做过女道士，现在则脱去道服，罢执霓旌，不再登上道士祈祷的醮坛。接着三句描写她的现状：化了淡妆，风度翩翩，犹如临风娇树，身材曼妙，仿佛能在水晶盘上作飞燕之舞；更深时分，此人蛾眉微蹙，似有幽思，衣甚薄，酒将醒，美艳如寒玉。前半正面写足此女之美，后半视线转向在座宾客。座中有个客人叫蔡京，本是僧人，如今还俗应举做了官，"白足禅僧"指的便是昔日的他，"青袍御史"则指今日的他。商隐诗说，见了这样的美女，蔡京无论作为禅僧，还是作为官员，都会心起波澜、忘情失态，不是"思败道"，就是"拟休官"！总之，他抵抗不了美的诱惑。这里，调谑打趣蔡京是主要的，而无意中却从侧面烘托出这位昔在道门、今为舞姬的女子的极端美艳。结句意谓"我是连看一眼也不敢啊"，轻轻撇清自己，一副冷眼嘲戏蔡京的样子，幽默而调皮。

《水天闲话旧事》，从题目看就是追忆和叙事之作，主旨也是以侧写法状女子之美：

月姊曾逢下彩蟾，倾城消息隔重帘。

已闻珮响知腰细，更辨弦声觉指纤。

暮雨自归山峭峭，秋河不动夜厌厌。

王昌且在墙东住，未必金堂得免嫌。

　　所谓"月姊"，指嫦娥，是商隐对此诗歌咏对象的美称，在现实中便是一位具有倾国倾城之美的女冠（也有人以为当是贵主或贵家姬妾）。所谓"下彩蟾"，即离月宫，喻此女冠从道观出来，犹如仙子下凡，商隐能够获得她的消息，实属奇巧的遇合。他们并未见面，故商隐不正面描述她的音容笑貌。但商隐感受美的能力超凡入微，他能够隔重帘，甚至隔厚墙而听闻到、感受到她的声息——实际上那应是心灵的潜通——"已闻"二句用想象语写美人的身形技艺，因思致的细腻深曲、措辞的婉曲优美而成为千古咏美名联。前四句里出现了两个人物。一个是"月姊"，一个是暗赏其美的人，亦即本诗的叙述者/作者。后面的叙述既道明了当日的时间流逝（月姊在暮雨中返回道观，诗人则凝神追思直到夜分），亦兼及至今已年月久远而音讯全无之事实，其含义表示虽生情愫，实未相亲，语中含着淡淡遗憾。然而即使如此，却仍不能免除人们的嫌猜，甚至招来人身攻击，故末联不禁流露出不平之意。

与《水天闲话旧事》内容相近且有异曲同工之妙的，有《银河吹笙》《碧城三首》（三首录二）诸篇：

怅望银河吹玉笙，楼寒院冷接平明。

重衾幽梦他年断，别树羁雌昨夜惊。

月榭故香因雨发，风帘残烛隔霜清。

不须浪作缑山意，湘瑟秦箫自有情。

碧城十二曲阑干，犀辟尘埃玉辟寒。

阆苑有书多附鹤，女床无树不栖鸾。

星沉海底当窗见，雨过河源隔座看。

若是晓珠明又定，一生长对水精盘。

对影闻声已可怜，玉池荷叶正田田。

不逢萧史休回首，莫见洪崖又拍肩。

紫凤放娇衔楚佩，赤鳞狂舞拨湘弦。

鄂君怅望舟中夜，绣被焚香独自眠。

前人注释说，这些诗都是写女冠生活的。的确如此。但既涉及男女之情，当然少不了男子的身影，诗的视角和口吻也都是男性的。"吹玉笙"的是谁，因句无主语，可以暂时存疑，"重衾幽梦"究竟是双指还是单指，也可先予搁置。但这些大抵都与男女爱恋有关，这是不难体会到的。到了"别树羁雌"，男子的视角口吻就明白无疑了。"月榭"二句，一忆昔情，一述今景。结句"不须浪作缑山意，湘瑟秦箫自有情"，显然是男子向女冠表达心意的话。"缑山意"指学道成仙，说诗写女冠，正因此句。如果固守缑山学道，期待成仙飞升，就不可能在人间"湘瑟秦箫"夫唱妇随，而终将孤栖为"羁雌"了。所以诗里否定了脱离人世的想法。有了这样的理解，那么究竟是有人在"怅望"着"银河"而"吹玉笙"，还是有人"怅望"着那在"银河"边上"吹玉笙"的人，便无关紧要。无论是哪种情况，都让读者感到一种凄清的美，景象美，意境美，当然，其中的人也美。至于"重衾幽梦"，也应该是他们共同的梦了。

《碧城三首》写的是道士生活，女冠是诗的主人公，其实也很清楚。所谓"碧城十二"，所谓"阆苑""女床（山）"都是神话传说中神仙居住的地方，习惯上可作道观的代称，是道士们（当然包括女冠）的生活场所。在这个与天齐高，与日月星辰为伴，与沧海银河为邻的美好环境里，人们都在做些什么呢？商隐描写的竟是他们的男欢女爱。第一首的"阆苑有书多附鹤，女床无树不栖鸾"，以借代和比喻的修辞手法将此点挑明。第二首更是集中写此事，正面描写情人的感觉。含情对话，渲染爱的狂热，并以他者的冷静观察作为见证和对照。这是李商隐写男女欢爱最大胆露骨的片段。此处未录的第三首则进一步写到怀孕分娩等等情况，可以说把男女之事写到了极致。

前人对《碧城三首》题旨的见解大致有三种。我们上面的解说采取了其中的一种。另两种，一说是寄托仕途失意之感，一说是影射杨妃故事。前者追索过深，未免牵强；后者由著名学者朱彝尊提出，影响不小，却实属臆测而证据不足。故我们同意当代专家刘学锴、余恕诚的观点："胡震亨、程梦星、冯浩等谓咏女冠恋情，且笺解已大致融洽，他说可勿论矣。"① 至于刘、余二位所言："此三首究系自叙艳情，抑从旁观角度写女冠艳情，不易确定。细味之，似含讽意，则自叙艳情之可能较小。"② 我们也基本同意。唯"似含讽意"略可商榷。我们的体会是诗中看不出对女冠有何讽意，字里行间倒是有些羡慕和欣赏，也有些同情与担心，故作为朋友特予鼓劲，可谓一片善意。"武皇内传分明

① 《李商隐诗歌集解》（增订重排本）第四册，1864 页，中华书局，2004 年版。
② 同上书，1865 页。

在，莫道人间总不知！"说的是必然结果——但又怎么样呢？汉武使得，你们就使不得？世人要嚼舌头，那就随他去吧！这样理解是否也可以呢？

李商隐同情妇女，特别是那些度过童年，正在走向成人的女孩子。他的《无题》从"八岁偷照镜，长眉已能画。十岁去踏青，芙蓉作裙衩"，写到"十二学弹筝，银甲不曾卸"，女童渐由天真烂漫无忧无虑，变为关门学艺，以备他日之需，再到"十四藏六亲，悬知犹未嫁。十五泣春风，背面秋千下"，世俗的枷锁在不知不觉中已经套在了她们身上。对她们那不可知的未来既担忧又悲悯，使诗人实在不愿写下去了——恐怕这就是此诗显然未完却戛然而止的真正原因吧？

对不顾女子意愿而仅依门第高下、钱财多寡为转移，连市场买卖都不如的婚姻，李商隐是非常不满的。《别令狐拾遗书》是一封牢骚满腹的书信，重点是痛骂当时只重势利的人际关系，却由此谈到婚姻嫁娶之事，指出虽然疼爱子女乃人之本性，但若出于势利考虑，则难免"违摘天性"，"至其羔鹜在门，有不问贤不肖健病，而但论财货，恣求取为事。当其为女子时，谁不恨？及为母妇，则亦然。"就这样一代戕害一代地承延下来。李商隐反感这种情况，对于向往自由、敢爱敢恨的人，特别是青年女性，充满同情，常常纵情地讴歌她们。他那些写女性和爱情的诗都会流露出这种倾向。像《无题》中的"八岁偷照镜"是这样，"照梁初有情""近知名阿侯""长眉画了绣帘开""寿阳公主嫁时妆"，特别是像《无题四首》"来是空言去绝踪""飒飒东风细雨来""含情春晼晚""何处哀筝随急管"等，也有异曲同工之妙。至于"嫦娥应悔偷灵药，碧海青天夜夜心"（《嫦娥》）"兔寒蟾冷桂花白，此夜姮娥应断肠"（《月夕》）等，则表达了对妇女孤独凄凉处境的哀悯和同情。

除了正面具体描写热烈爱情以衬托女性之美，李商隐还利用环境描写来写人，借居处、陈设、饰物、衣装、环境的雅洁芬芳来暗示生活于其中的人应该很美。如《无题二首》就是比较典型的例子：

凤尾香罗薄几重，碧文圆顶夜深缝。

扇裁月魄羞难掩，车走雷声语未通。

曾是寂寥金烬暗，断无消息石榴红。

斑骓只系垂杨岸，何处西南待好风！

重帏深下莫愁堂，卧后清宵细细长。

神女生涯原是梦，小姑居处本无郎。

风波不信菱枝弱，月露谁教桂叶香。

直道相思了无益，未妨惆怅是清狂。

读这两首诗，我们能够感觉出其境界的优美，仿佛看到两位美丽女性的起居作息。她们一位深夜不寐，在孜孜不倦地缝制着出嫁用的罗帐；一位则清宵无眠，倚床吞泣，思绪万千，愁肠百结。作者告诉我们，她们两位都是有故事的，这故事是相思的故事，是失恋的故事，是渴望自由幸福而不可得的故事，甚至是被无情郎抛弃的故事，而且还是内心痛苦却寂寞枯守、无处告语的故事。虽然诗中只写了片段细节，暗示出前因与现状，但女主人公的形象和心态却刻画得相当饱满细腻——用隐含的故事来塑造人物、表达同情和感染读者，而且这同情中往往还渗透着作者自身刻骨铭心的感伤和悲痛，正是商隐许多诗（特别是《无题》诸诗）的重要特征。如果在读这些诗时适当运用叙事思维，其效果必当倍增。

为了描绘人物，商隐诗里运用了丰富多彩的比喻，这从上面所举各例中已可看到。更值得注意的是，除了单个的、零星的、直接的比喻，还有系统的、整体的、曲折隐晦的比喻。或者换言之，是把人物隐喻为某物——比如，把女子喻为槿花、雪花——然后用咏物寄兴的方式来写人，使诗意闪烁飘忽而愈加朦胧深细，读解的难度固然因此而增加，但咀嚼的滋味则更加丰富无尽。这种诗歌构思与修辞之法，商隐运用得纯熟巧妙，从而创造出其新颖独特的艺术美感。

我们来看《槿花二首》：

燕体伤风力，鸡香积露文。

殷鲜一相杂，啼笑两难分。

月里宁无姊，云中亦有君。

三清与仙岛，何事亦离群！

珠馆熏燃久，玉房梳扫馀。

烧兰才作烛，襞锦不成书。

本以亭亭远，翻嫌脉脉疏。

回头问残照，残照更空虚。

二诗是精心构思的结果，古人早已窥见其中奥妙。朱彝尊说："（前篇）上四句实赋槿花，下（四）句以仙女比之。次首绝无题意，疑其亦是托兴，非咏物也。"已初步触及诗人用心，感觉到槿花与仙女在诗中的转化与同一，故认为不宜以单纯咏物视此诗。姚培谦说："此借槿花起兴，发红颜薄命之叹，非咏槿花也。"进一步触及了其诗写人和同情女性的题旨。程梦星说："此为女冠惜别而发，大都鱼玄机之流也，非贵主之为女道士者。"点出诗的主角实为女冠，而且是李商隐能够接触到的人物。当然还有其他说法，比如自伤身世，托意令狐之类。今人刘学锴、余恕诚先生综览古今诸家之说，后出转精，一言以蔽之曰："味其意致，盖借槿花以泛咏女冠之处境、命运者。"①诚然！

　　拟人本是咏物一法，现在干脆把花当真人来写，不仅拟人，而且实实在在地写人。这就是《槿花二首》的独到之处。李商隐以槿花为题的诗颇多，但多是直赋花事，或借花起兴。像此二首这样借花咏人的，却绝无仅有。请看，他是如何运笔的。第一首起联"燕体伤风力"，从外形写起，其人之体态轻盈如燕（双关赵飞燕），且散发着名贵的鸡舌香（丁香）气息。一笔静态描写，却已将人写活。次联"殷鲜一相杂"，化静为动。花色红墨

---

① 　《李商隐诗歌集解》，增订重排本，第1784页，中华书局，2004年版。

相间，仿佛人处境不佳，啼笑两难，心含委屈，姿态可怜，更引人遐想。于是后四句发出一连串问题：是因为缺少伴侣，感到孤独？是因故被迫离开仙境而下界飘零——那么，究竟又遇到了什么倒霉的事情呢？

第二首进一步写其独居之状。虽在珠馆、玉房，虽烧兰作烛，物质条件优裕，但孤独无聊，与外界断了联系，连书信都无人可通。"回头问残照"的是这位女主人公，"残照更空虚"则是她的心声，由诗人代其呼出。

雪花晶莹洁白，也是商隐所爱，他以雪为描写对象的诗也不少。其中在永乐闲居时所作就有《喜雪》《忆雪》和《残雪》三首，大中三年（849）冬，他应卢弘止之聘前去徐州任职，临行正遇大雪，又作《对雪二首》告别妻子王氏，历来笺注者更认为其中有借雪喻人之笔。特别是第二首，冯浩论曰；"全与闺中夹写，中四句皆状其美貌。"这四句既是写雪，更是写人。其文如下：

已随江令夸琼树，又入卢家妒玉堂。

侵夜可能争桂魄，忍寒应欲试梅妆。

"江令夸琼树"，用梁朝中书令江总赞张、孔二美人之词（"璧月夜夜满，琼树朝朝新"）形容雪花而隐喻王氏。"又入卢家妒玉堂"，则令人想起在卢家为妇的美女莫愁，亦隐比王氏。第三句描写雪花夜间飞舞，似欲与明月（桂魄）争辉。末句直接写人，她毫不畏惧严寒，竟想在这时候化起"梅花妆"来。综观全诗，所谓"对雪"实乃对人，在倾诉离情别绪的依依不舍中，渗透着对妻子的衷心赞美和体贴。

最后我们要说到李商隐诗如何以综合性手法来写女性美。

所谓综合性手法，包括上述种种，即既有正面刻绘描绘，又有侧面勾勒陪衬，还有环境景色、物件衣饰的描述烘托，气氛的营造渲染，乃至还有典故人物的登场参与、传说故事的敷排演出等等，总之，是超越现实，敞开幻想，虚实互济，以多种精巧的比喻修辞、铺张描述，写出亦仙亦道女性美，表达对她们的同情与祝愿。其最有代表性的作品是三首与《圣女祠》有关的诗，两首题为《圣女祠》即五言排律"杳霭逢仙迹"和七律"松篁台殿蕙香帏"，以及一首以"白石岩扉碧藓滋"开头的七律《重过圣女祠》。现依次抄录于下：

杳霭逢仙迹，苍茫滞客途。

何年归碧落，此路向皇都。

消息期青雀，逢迎异紫姑。

肠回楚国梦，心断汉宫巫。

从骑裁寒竹，行车荫白榆。

星娥一去后，月姊更来无？

寡鹄迷苍壑，羁凰怨翠梧。

惟应碧桃下，方朔是狂夫。

松篁台殿蕙香帏，龙护瑶窗凤掩扉。

无质易迷三里雾，不寒常著五铢衣。

人间定有崔罗什，天上应无刘武威。

寄问钗头双白燕，每朝珠馆几时归？

白石岩扉碧藓滋，上清沦谪得归迟。

一春梦雨常飘瓦，尽日灵风不满旗。

萼绿华来无定所，杜兰香去未移时。

玉郎会此通仙籍，忆向天阶问紫芝。

所谓"圣女祠"是唐时长安扶风郡陈仓县（今陕西宝鸡市东）至大散关途中的一处景观。那里山高入云，悬崖陡峭，列壁之上有天然生成酷似妇人的形状，上赤下白，俨然一座神像。当地人尊之为圣女神，祈祝祸福，供奉香火，久之乃有祠堂之构，且声名远播。商隐一生离开长安或回归长安，曾多次经过此地，虽均系匆匆跋涉路过，却总是被圣女像激起联翩的浮想和盎然的诗情，总觉得有话欲对圣女、仙家和上苍诉说。三首诗就是这样诞生，具体创作时间难以确定，但参详其内容，先后次序大抵应是如上。

初次途经圣女祠，诗人充满惊喜和新鲜感，以五言排律的形式记下了行程、观感和听闻的有关传说。诗里的"寡鹄""羁凰"以及作为陪衬的"紫姑""星娥""月姊"，显然都是女性，而主角则是被诗人想象成爱情失意的圣女。

诗人为何会产生这样的想象？恐怕与他所知女性在这方面的痛苦与悲剧甚多有关。有论者说："义山诗中多属意妇人。"（清人黄生《唐诗摘抄》评商隐《嫦娥》《月夕》）此话不假，尚可补充的是，商隐诗往往不是一般地"属意妇人"，而是多对女性处境与命运表示同情与怜惜。这一题旨于"杳霭逢仙迹"一首即有表现，且贯穿于全部《圣女祠》诗之中。

"松篁台殿蕙香帏"一首笔触更浓重地落在圣女身上。起笔描述环境，制造气氛之后，次联转入对圣女的具体描写，把凝止的神像写成了活生生的人，用典、造句令人眼目一亮。"无质"二字概括精当，形容人物那种极端轻灵飘逸的超人之美，恐只有神仙圣女才够资格用这二字。"三里雾"述后汉裴优、张楷道术精奇，分别能作三里、五里迷雾以隐身的故事，既实写圣女像在山间常被云雾缭绕的朦胧景象，亦隐喻圣女道行高妙，法术奇幻的神仙身份。对句"不寒常著五铢衣"，进而细描圣女身形。五铢衣，极其轻薄之丝纱衣也。一斤十六两，一两二十四铢，圣女一袭衣衫仅重五铢，其轻薄正与她"无质"的身体相配。穿着这样的衣衫，又笼罩在薄雾轻云之中，当然更能显示圣女身形之高雅优美。

圣女外形写毕，笔触转向内心，"人间""天上"一联写情。崔罗什、刘武威皆传说中多情男子，笔记小说中有他们的故事，诗人常把他们当做爱情男主人公的代表性符号。商隐强调他们二位都不在天上，而只在人间。此联乃诗人对圣女的知心话，在这里诗人完全把亦仙亦道的圣女当作人间的普通妇女，而为之操心担忧，为之谋划计议。正因为这样，诗人才会急切而无奈地询问：圣女啊，你这样生活于仙凡两界，每天来往其间，你什么时候才能获得渴望的爱情和幸福呢——诗的尾联假借向圣女的燕形玉钗发问：圣女每天遵规朝拜上清，何时才能归来，才能回到她自己的生活中啊？关切之情溢于言表。

如果说"松篁台殿蕙香帏"一首尽情地讴歌了圣女之美，对她的命运表达了衷心的关切，那么当李商隐在人生道路上历尽坎坷，再一次来到圣女祠面前，见到圣女祠已颇显荒芜，而圣女仍然端庄孤寂地站在那里时，他不禁联想人己，悲愤莫名。

《重过圣女祠》"白石岩扉碧藓滋"以记录实景入笔，紧接着就迸发出"上清沦谪得归迟"这句双关自己与圣女的呼喊，这是压抑在商隐心头多年的怨恨之语，如今也恰好表述了圣女的心声。至于前诗劝圣女留在人间，此诗为圣女长期沦谪抱屈，皆含喻义，各有喻指与侧重，不可呆看。

次联所写应是在圣女祠所见，上次是雾，这回是雨，而且是春天梦幻似的细雨，是轻柔得拂不起旗幡的微风。关键是这十四个字组成的对句，字字精彩灵动，情意绵绵无限，谁读了一遍，都会感到美不胜收，都会不自觉地牢牢记住——这正是诗人何其芳最爱赞扬的好诗：念一遍就能背下来！"一春梦雨常飘瓦，尽日灵风不满旗。"圣女所居环境如此优雅，其人形质气韵之美虽未明写，亦尽在不言中矣。

但正因如此，其遭遇之不幸不公就更显得突出了。请看："萼绿华来无定所，杜兰香去未移时"，同样是仙女，萼绿华与杜兰香可以随意下界与男子交往，来去自由，主动而快乐！为什么才质更美更佳的圣女却要永被禁锢，不能真正享受仙女的权利呢！

尾联明确联系人己，"玉郎"自指，"通仙籍""问紫芝"比喻入朝求仕。由此推测此诗创作时间应较晚。商隐回忆从前返京求职曾路过此地，也曾留有问候慰勉之作，而至今，自己一无所成，圣女亦长期沦谪，岂非同是天涯沦落可悲之人乎？这已经不是从旁同情，而实为同病相怜，几有相濡以沫意味矣。

齐梁宫体开创文人以诗描写女性之美的风气，有论者誉之为"一种关于观看的新诗学"（田晓菲《烽火与流星：萧梁王朝的文学与文化》，中华书局，2010）。宫体诗对后世自然产生影响，李白、李贺、李商隐在这方面有各自的表现和贡献。李商隐的独特之处是不仅继承了这种"观看"的新诗学，把诗歌描述叙写的范围进一步扩大，而且他的观看和叙述已超越旁观和单纯欣赏，渗透着对歌咏对象发自内心的同情。不仅同情，有时甚至进一步将自己身世遭遇之感融入，与同样属于备受欺凌的社会弱者的妇女产生共鸣，发出对社会不公的悲愤呼声，从而提高了此类诗作的品位与价值。

第七章　包蕴密致与精粹幽微

在这个题目下面，要讲的是李商隐诗歌除表面、直接的意思以外，还有更深、更曲折、更复杂的含义可供发掘的现象。英国哲学家乔治·柯林伍德说："一个真正的诗人在写作真正的诗歌的时候，从不直称他正在表现的那种情感。"（《艺术原理》）看来，在诗歌内容的多层和表现的曲折方面，中外文学史与美术史上人们的追求是一致的，而李商隐便是这样一位真正的诗人。

李商隐诗歌内容多层次和表现隐晦含蓄的特征，根源于他对题材的主观化处理。写诗不能不对客观事物有所反映，但诗人又绝不甘心于此，而要千方百计地于其中表现自己，那么其作品的内容自然就不会是单纯的、一目了然的。

先看一首小诗：

> 虎踞龙蹲纵复横，星光渐减雨痕生。
>
> 不须并碍东西路，哭杀厨头阮步兵。
>
> （《乱石》）

题目表明，诗是写一堆面目狰狞的乱石，它们因为出现在阴暗而潮湿的夜里而愈益显得阴森可憎，但是诗的内容显然不限于写乱石，"虎踞龙盘"原是诸葛亮赞叹金陵形势的名言，所谓"钟山龙盘，石头虎踞"（张勃《吴录》），现在稍作改换，作"虎踞龙蹲"，以之形容一堆形体与价值均无法与钟山、石城相比的乱石，便含有皮里阳秋的冷嘲意味。

下面引出阮籍遇歧路痛哭而返的典故，对乱石否定的意思更进了一层——乱石成了"拦路虎"的比喻和象征。这既可以看作诗人因乱石而引起的感想，又必然会联想到诗人对世路坎坷的感慨和对阻挡其仕进之路的黑暗势力的痛恨。所谓"星光渐减"，岂不也可理解为晚唐时势的形象化？而乱石堆上长满莓苔雨痕的滑腻感觉，又可说是诗人对官场和世路感受的移情。所以诗人最后对乱石的申斥——"不须并碍东西路"，在其内心，其实是指向人间不平的愤激呼号。

越是联系诗人的其他作品来反复玩味，就越令人感到描写石头不过是一个由头，所谓"兴也"，真正的用意是在于针砭现实和感叹身世。

《乱石》诗内容的层次由于作者的直接感慨而比较明显。《夜半》诗就有所不同：

> 三更三点万家眠，露欲为霜月堕烟。
> 斗鼠上床蝙蝠出，玉琴时动倚窗弦。

诗无疑是写某人深夜不眠的情景，犹如一幅背景深暗的人物画，又如电影中一组由远及近、由外入内、由物到人的推镜头。作者以细腻的笔触把我们领进一个万籁俱寂的境界，这里只有饥鼠和蝙蝠的轻微声息伴着不时响起的琴音（请注意：不是在奏某个曲子，而是在无聊赖地拨动琴弦）。也许过一会儿，我们还将听到一声长叹；可是作者吝惜笔墨，把这一点留给读者去想象了。

那么，诗意仅止于此吗？似乎并不。能不能把这个"夜半"的情景扩大一点，看成是整个时代的象征和缩影呢？李商隐有许多作品从不同侧面不同程度地反映晚唐时代的腐朽和黑暗，《夜半》可不可以看成是对那些作品主题浓缩之后的形象化体现呢？

我以为不妨这样考虑。《乱石》诗也曾写到"星光渐减雨痕生"——这是一个阴冷无光、景象暗淡的时代，统治集团中一部分人醉生梦死，一部分人为谋私利而大搞鬼蜮伎俩，世人皆醉（睡）我独醒，那个深夜不眠倚窗拨琴者，不正是诗人自己的化身吗？而最喜在阴暗环境跳踉飞掠的老鼠和蝙蝠，则颇似在社会上、官场里得意的小人。与《乱石》不同，这首诗纯粹是用形象构成一个完整的画面，诗人没有直接发言，因而读者尽可以满足于对诗歌字句和表面意境的欣赏；可是若向深处挖掘，我们便能更好地领会这首诗内容的实质。

这种内容具有多层次性特点的作品，在李商隐诗中不是偶然出现，而是大量存在。前面所举各例，如《蝉》《流莺》《锦瑟》等篇，大抵均可以从这个角度进行分析。尤其需指出的是像《夜半》这种诗面本身就构成一个完整、独立、具有象征性意境的作品，商隐写得既多又好，因而形成其诗风的一大特色。比如《霜月》《谑柳》《赠柳》《洞庭鱼》《风雨》《槿花二首》《李花》等皆是，而《无题》诸诗更是典型代表。

内容层次多，已难免令人顾此失彼，感到索解之不易，更何况李商隐还常常故意隐晦其词、曲折其意，或仅露一点端倪而使诗意呈神龙见首不见尾之势。历来都说商隐诗难懂难解，以致有"只恨无人作郑笺"之说。其实商隐诗之难不在字句，甚至不在典故，而是在其内容的多层和表现的曲折之中。内容的多层源于作者的思绪深刻细密，至于表现的曲折，则与商隐诗少用赋体多用比兴、少用实写多用象征分不开。

赋、比、兴是我国古典诗歌三种既有联系又有区别的表现方式。一般来说，多用赋体则叙事性（客观性）强，诗歌形象通过一些细节甚至一定的故事情节表现出来，比较清晰实在，作者虽不必将创作意图直陈无隐，但读者通过形象去把握时不易发生较大的歧异和争执。多用比兴则抒情性（主观性）强，诗中往往只见感情的跳跃、思绪的变换，不用说没有故事情节，连一些细节间究竟有何必然联系有时也说不清，作者的创作意图常常隐含或寄寓在文字之外，因此读者探幽索微不但很费力，还往往见仁见智，意见有分歧而难于统一。创作方法不同，造成的风格自然也有很大的差距。

李商隐的创作个性倾向于多用比兴以寄托其主题思想的表现方法，因此他的诗在艺术上的明显特色便是隐晦曲折、朦胧含蓄，是"味无穷而炙愈出，钻弥坚而酌不竭"[①]。读者的看法不但因人而异，就是同一个人在不同时期、不同条件下去读，有时也会得到全然不同的理解。

我们读李商隐诗，会发现他的某些创作习惯，如针砭时事，爱用"咏史"来影射；自伤身世，则多用"咏物"来象征；他所谓的"伤春"，往往乃是对个人遭际不偶和唐朝国运衰颓的感叹；而有的标题挺怪，如《失猿》，原来用的是谐音法，意指"失援"，即失去了有力者的援助，等等。诗人真正要表现的那种情感，真正要揭示的诗旨，就像竹笋的嫩心，被裹在一重重语言、意象、情境所组成的笋箨之中，使人不能一眼看透。诗人所追求的是一种富于含蕴的幽微意味。他要用诗意的自由构想和诗句的独创性表述，在精神和语言的世界中建立一个独立王国，以此补偿、消弭，至少是冲淡现实生活所给予他的种种压抑和困厄。他的主体在诗歌创作中寻求尽可能大的自由，于是他的创作成品，便要求读者在仔细涵咏和咀嚼之后才能体会到深意和美感。

---

① 葛立方《韵语阳秋》卷二引杨亿语，历代诗话本，中华书局，1981年版。

他的乐趣和美学理想是在诗意的表现上致力于反复的精择和锤炼，既要在诗面留下导向中心题旨的思维线索，又要把线索安排得若隐若现、扑朔迷离，正如胸中大有丘壑的园林设计者，能将一片不大的地方布置得曲径通幽、层叠不尽。他的这种表现手法又如在读者面前挂起一道轻纱的帘幕，如能参透用心，诗意便豁然呈露；但目光如被障住，便只能得个模糊印象。人们对李商隐诗的研究逐渐加深，帘幕后面的东西发现得多了，以致处处疑心起来，每读一诗即使本无障隔，也总以为商隐不会如此简单，深恐漏掉包蕴于其中的深文大义，于是一味寻根究底，结果闹得草木皆兵。前代某些注家，即有此病。然而如若来个矫枉过正，因为对前人的某些牵强解释深为反感，便不顾商隐的创作特点，一律按诗面来理解，恐怕也不是办法。

　　笔者认为：一个人的人格有其内在统一性；诗风既是人格的体现，则不管其如何变化，也仍将不失这种内在统一性。既然商隐作诗确有爱影射、爱象征、爱借题发挥等特点，对于他的诗，我们理应格外小心谨慎。当遇到历来有争议、题旨较晦涩的作品时，我们不妨将商隐的全部诗歌联系起来加以比照，作一个通盘的考虑。同时对其中的每一字句、意象和情境作非常细致的分析。也就是说，自觉地进行一次"解释循环"——从诗的整体看到诗的每一个部件，又从每一个部件去观察由它们构成的整体。一方面我们不可把这些诗讲得过死，讲得"一句一字，深得其情，恍曾钻入当日玉谿心坎中"①似的；一方面又不可把它们加以简单化，只凭字面就诗论诗。

关于义山诗多比兴寄托的特点，还在当时就为许多人所觉察，也为他本人所直认不讳。所谓"楚雨含情皆有托"（《梓州罢吟寄同舍》），所谓"徘徊胜境，顾慕佳辰，为芳草以怨王孙，借美人以喻君子"（《谢河东公和诗启》），便都是诗人的自白。在《献侍郎巨鹿公启》中，商隐批评唐代诗人所作"陷于偏巧，罕或兼材"的情况，说他们"推李、杜则怨刺居多，效沈、宋则绮靡为甚"，而不能"秉无私之刀尺，立莫测之门墙"。从他的不满，也可见出他的追求。他是要把讽谕怨刺的内容同华丽绮靡的形式完美结合起来。他的创作实践显然与此指导思想有关。他还有一首《有感》诗云："非关宋玉有微辞，却是襄王梦觉迟。一自《高唐》赋成后，楚天云雨尽堪疑。"商隐对宋玉极为崇慕，诗中多处以宋玉自比，此处亦然。襄王泛指其诗歌讽谕的对象。此诗上二句承认自己所作的诗亦如宋玉作品之

---

① 岑仲勉《〈玉谿生年谱会笺〉平质·导言》，见《玉谿生年谱会笺》，上海古籍出版社，1983年版。

"有微辞"，但强调这完全是统治者的昏庸所逼出来的。但下二句就声明：切勿以为我的只字片言均属微辞，正如不能因为宋玉写过《高唐赋》《神女赋》，就把"楚天云雨"一概看作神女的化身一样。以前有人认为此诗是"为《无题》作解"①，解释有理而稍嫌狭窄。事实上义山诗除《无题》诗的一部分外，还有不少是有寓意、有托讽的。纪昀论《有感》，谓："义山深于讽刺，必有以诗贾怨者，故有此辨，盖为似有寓意而实无所指者作解也。四家谓为《无题》作解，失其旨矣。"②这看法就比较全面。义山写这首诗表明他在世时，已有人误解他的诗，把并无寄托者也看成有寓意的了，他的本意在说明自己的诗并非首首是微辞，然而正是这首诗成了他的诗作确有微辞的自供。屈复就曾指出："玉谿《无题》诸作即微辞也。当时必有议者，故此诗寄慨。"③

今天看来，这种寄托和微辞主要包括两个方面的内容：一是对时事政治的针砭，二是对个人命运的叹息，实际上也就是间接曲折地批评现实。前者多半表现在咏史诗中，例如《瑶池》《茂

---

① 冯浩《玉谿生诗集笺注》卷二引杨守智语。
② 沈厚塽《李义山诗集辑评》卷中引。
③ 屈复《玉谿生诗意》卷七。

陵》《汉宫》《汉宫词》《四皓庙》《李夫人》《南朝》《隋宫二首》《北齐二首》《齐宫词》《贾生》《读任彦升碑》《鄂杜马上念汉书》之类。后者的典型表现是"无题诸诗"。

所谓"无题诸诗"，是指标为"无题"以及首二字为题或以篇中任意二字为题实即等于无题的那些作品，如：

《玉山》：玉山高与阆风齐，……

《一片》：一片非烟隔九枝，……

《一片》：一片琼英价动天，……

《促漏》：促漏遥钟动静闻，……

《锦瑟》：锦瑟无端五十弦，……

又如：

《哀筝》：……哀筝不出门。

《荆山》：……可能全是为荆山？

《钧天》：上帝钧天会众灵，……

《即日》：一岁林花即日休，……

这类诗在商隐集子中约有六七十首。清人纪昀说得最明白，他在《玉谿生诗说》中说《促漏》云："盖此诗摘首二字为题，亦是《无题》之类。"又论《哀筝》云："此摘哀筝二字为题，非咏筝也，盖亦《无题》之类耳。详其语意，确有寄托。"这些诗的题材较广，并不限于男女恋爱一事。例如《咸阳》（"咸阳宫阙郁嵯峨"）以战国六雄与秦因滥用民力而相继灭亡的史事，对唐统治者提出委婉警告。《龙池》（"龙池赐酒敞云屏"）直揭唐玄宗攘夺儿子寿王之妃为己有的秽事，作出冷峻讽刺，基本上属于咏史的政治诗。《日射》（"日射纱窗风撼扉"）写闺怨，《二月二日》（"二月二日江上行"）写乡愁，《天涯》（"春日在天涯"）是即景感怀，《流莺》是咏物自喻，等等。因为用意显露，表达明晰，所以历来选家和论者对诗的内容和思想倾向的解释大抵无异议，即有争论，也不太大。

另有一类如《碧城三首》《银河吹笙》，显系写男女情事，尽管人们对它们的真实含义理解得颇有差距，但这些诗与女冠生活的联系，却是公认的（有人认为这些诗讽刺皇家贵主的荒淫生活，但这些贵主都是以入道女冠的身份出现的）。当然，有一部分诗，像《谒山》、《玉山》、《昨日》、《一片》（"一片非烟"）、《无题》（"紫府仙人号宝灯"）等，是有争议的：首先是它们有没有寄托，其次是寄托什么。即使同是认为义山诗中有寄托的论者，具体观点也有种种差别。至于那些直接以《无题》命名而表面看来又确是写艳情的诗篇，在有无寓意、有何寓意这两个问题上，争议就更大，简直可以说是各执一词，聚讼纷纭，因而需要进行专门的讨论了。

第
八
章

灵
魂
深
邃
的
表
征

——
李
商
隐
的
『
无
题
』
诗

李商隐的《无题》诗历来有许多人把它们看作爱情诗。这种看法的产生是很自然的。因为只要读一读这些诗，就不能不直觉地感到它们写的是男女爱恋之事。如：

　　长眉画了绣帘开，碧玉行收白玉台。

　　为问翠钗钗上凤，不知香颈为谁回？

　　如：

闻道阊门萼绿华，昔年相望抵天涯。

岂知一夜秦楼客，偷看吴王苑内花。

又如：

相见时难别亦难，东风无力百花残。

春蚕到死丝方尽，蜡炬成灰泪始干。

晓镜但愁云鬓改，夜吟应觉月光寒。

蓬山此去无多路，青鸟殷勤为探看。

这样的诗篇，要说它们与爱情（或艳情）无关，有谁会同意呢？如果考虑到唐代社会生活的风俗习尚，考虑到作为文人才士的李商隐的生活经历与见闻，那就会更加相信这些诗是爱情诗了。这一类作品还有不少，如《春雨》（"怅卧新春白袷衣"）、《银河吹笙》（"怅望银河吹玉笙"）、《中元作》（"绛节飘摇宫国来"）等取诗中数字为题的，均是。

人们既从总体上感悟到它们是写男女之情的，自然就会追问男女主人公是谁，特别是会想到：男主人公是否就是诗人自己呢？根据抒情诗多以作者亲身体验为描写对象的一般规律，多数论者倾向于认为这些诗与李商隐本人的经历有关。至于女方的身份，则又根据诗所提供的语象、情境加以推测，认为她们或为妓女，或为贵家姬侍，或为女冠，等等。再进一步，便想推求本事。由于诗所提供的线索不足，本事的追索非常困难，研究者们的分歧也最大。不过，对于这些诗的基本内容是写不成功的爱情和爱情失败后的感伤惆怅，人们的看法倒大体一致。

现在的问题是，这些《无题》或近于无题的诗作是单纯写爱情（艳情）的呢，还是别有寄托寓意的？如果是后者，事情可就更复杂了。接踵而来的便是：哪几篇有寓意，所寓寄的又是些什么事实或什么意念、感情？把前人对此的论述检阅一遍，真令人有眼花缭乱、莫衷一是之感。难怪有人说：也许这些诗果真另有寄托，但与其因为追索寄托而陷于"意图谬误"，不如把它们只当爱情诗读，更能获得美感享受。这反映了不同读者对作品"期待视野"的差异。

我以为，对此也确实可以按各取所需的原则来解决。但这只是一个方面。问题还有一面，那就是《无题》诗实际上究竟是不是仅仅写了爱情，而绝不包含爱情以外的任何内容？或者说《无题》诗倒是李商隐诗歌中少有的内容单一、表现直露而不具备多层次、多曲折特征的作品？这就涉及文学研究向作品之

"真"靠近的问题。

作品之"真"是研究者孜孜以求的，可是"真"的求得又谈何容易！以李商隐的《无题》诗而论，别人以为写爱情的，我会发现其中有所寄托；反过来，我相信是写爱情的，别人却振振有词地论证其中有着寓意。而且说实话，对有些作品，自己就斟酌再三拿不定主意，因为它有如东坡笔下的庐山，"横看成岭侧成峰，远近高低各不同"，实在很难下一个断然的结论。

让我们来看一些具体的例子。先看《无题二首》之一：

昨夜星辰昨夜风，画楼西畔桂堂东。

身无彩凤双飞翼，心有灵犀一点通。

隔座送钩春酒暖，分曹射覆蜡灯红。

嗟余听鼓应官去，走马兰台类转蓬。

我对此诗的理解，与从字面上判定它写爱情心理和欢愉幸福的观点不同，我认为它更像是对官场生活的幻化，那里充满结党营私，尔虞我诈，乌烟瘴气，使诗人感到压抑气闷，格格不入。我甚至借用弗洛伊德的精神分析法，把这首诗视为对一种"白日梦"的描写。[①] 这里再申说一下我那样看的理由。

这组诗的第二首，就是本节前引"闻道阊门萼绿华"那首七绝。既然那明显是艳情之作，那么与它合为一组的这首七律，主题岂不也该相近甚至一致才对？古人中持此种观点者不少，如胡以梅（《唐诗贯珠串释》）、钱良择（冯浩《玉谿生诗集笺注》引）、赵臣瑗（《山满楼唐诗七律笺注》）、冯浩、纪昀（《玉谿生诗说》）等。但也有一批人认为其有托寓，不过他们各自对托寓的具体内容解释不一。到了近年，研究者的观点似乎发生了一边倒的趋势，除叶葱奇（《李商隐诗集疏注》）认为此诗"是商隐由秘书省校书郎调补弘农尉时所作"，"用无题托于艳词来抒写胸中（对外调）的恨慨"外，几乎全都肯定这首《无题》是赋体的艳情诗。[②] 尽管他们的解说仍有细小的差异，但就各自的阐释来看，应该说理由都颇充分。然而，我反复研读、比较，却仍然有一些疑问，觉得不妨从另一个方面来考虑一下。

不错，这首诗第七句出现了诗人自身的形象，全诗所写应与他本人经历有关。第一联客观叙述，说明事情发生的时间地

---

① 请参董乃斌《李商隐的心灵世界》（增订本），第107页，上海古籍出版社，2012年版。
② 如周振甫《李商隐选集》，王汝弼、聂石樵《玉谿生诗醇》，刘学锴、余恕诚《李商隐诗歌集解》等。

点。但二、三两联具体叙事，就有个问题，作者（叙述者）与作品主角（被叙述者）是同一的，还是两回事呢？许多视此诗为写艳情者，都把作者与主角相重，从而把诗中情事说成是作者的自述。这当然也可成立。但倘若不这样看，而认为二、三两联所描绘的内容并不包括第七句的"余"在内，作者只是取旁观态度在描述其闻见，似乎也不是没有理由。①从第二首的"偷看"及两诗整个意境来看，冷眼旁观的意味非常显然。如果这样，那么作者本人就很可能根本未曾参与"送钩"、"射覆"，也不是他跟宴席上的某个女子"心有灵犀一点通"，所谓"席上有遇，追忆之作"（胡以梅《唐诗贯珠串释》）、"在王茂元家窃睹其闺人而为之"（赵臣瑗《山满楼唐诗七律笺注》）、"直是狭邪之作，了无可取"（纪昀《玉谿生诗说》）之类说法，岂不是便很值得怀疑吗？"而三四言身今不得复至，而心未能忘情；五六言时贤在秘书省者风流情事，当有送钩射覆酒暖灯红之乐"（程梦星《李义山诗集笺注》）或"三四分隔情通欣羡如见，五六则状内

---

① 冯浩曰："五六正想象得之，与下章'偷看'相应，非义山身在其中也，意味乃佳。"（《玉谿生诗笺注》）冯浩已意识到，要把抒情诗的作者与抒情人／叙述者分开，这样抒情诗也有了视角转换的问题，表现力会加强。这种从读诗中获得的体验和认识，与西方叙事学者强调在理论上区分抒情人与主人公在诗中的位置，实际上是相通的。请参谭君强译《抒情诗叙事学分析：16—20世纪英诗研究》，第138页注①，第144页注①，第157页注②，第246页等。北京师范大学出版社，2020年版。

省诸公联翩并进，宴游之乐，得意可知"（汪辟疆《玉谿诗笺举例》）这样的见解却显示出某种优越性。特别是倘将三四两句解释为对内省诸公结党分宗、比周勾结行为的反讽，从而使五六两句也成了语含讥刺的揭露，那就会赋予全诗以新的意义。这首《无题》就可以被看作李商隐在秘省任职时对腐朽官场甚为不满和深感格格不入的表现。所谓"昨夜星辰昨夜风"，并非实记某日之事，而含日日如此的意思。全诗所写也非某一次，而是多少次观察、感受的结果。正因为同僚们如此心通神会、胶结默契，每日享受欢宴不已，便使诗人愈形孤单寡合、背时倒运。这也许就是诗人发出怨嗟恨叹的原因。这种理解与众说均不相同，是否也可聊备一说呢？

　　下面两首《无题》，不少人说它们的主旨是寄寓作者身世之感，但我的看法却是：它们非常精彩地、在中国诗史上首创地描绘了一个因爱情无望而精神失常的女子，刻画了她的变态心理，谴责了压抑和戕贼人性的盲目力量。

凤尾香罗薄几重，碧文圆顶夜深缝。

扇裁月魄羞难掩，车走雷声语未通。

曾是寂寥金烬暗，断无消息石榴红。

斑骓只系垂杨岸，何处西南待好风？

重帏深下莫愁堂，卧后清宵细细长。

神女生涯元是梦，小姑居处本无郎。

风波不信菱枝弱，月露谁教桂叶香！

直道相思了无益，未妨惆怅是清狂。

　　第一首以第三人称视角叙述一位痴情女子的遭遇和生活状况。首联倒装，揭出女主人公深夜缝帐的反常举动，既为全诗主干，又为下文之伏笔。次联追叙往事，开始触及女主人公精神失常变态的原因。三联深探此女心曲，所谓"曾是寂寥金烬暗"，正如他诗之"蜡炬成灰泪始干"，均暗喻执拗深情和无望渴盼在女子心中之投影。尾联写此女痴态：虽早已"断无消息"而至今仍心怀希冀，缝帐不辍，盼望有朝一日意中人飞马驰来，自己则化为西南风长逝入怀。这是一个在时间感觉和自我心态上均停驻于难忘的往昔而全然没有现实感的人，她的精神已凝固于一点，只赖无尽的企望和幻想维持生命。深夜缝帐的习惯性动作就是她主观上从往昔涌向未来的联结点，也是她尚能生存下去的唯一精神支柱。正是从她顽固地抱持某种妄念而又不断地重复某种动作，我们才体察到她的精神异常和心理变态。[①]

第二首的表现手法与第一首基本相同。首联为客观叙述，介绍此女生活环境及日常起居，于叙述中流露写情的思想倾向。如谓"重帷"，谓"深下"，谓时已"清宵"，虽"卧"而并未入睡，所以感到此清宵格外"细细长"。字里行间对这个女子的孤寂生活充满同情。以下三联可以理解为作者／叙述者的感叹，但更可看作设身处地揣摩此女心事，代此女吐露郁结于胸的心声。"神女"一联进一步点明此女致病之由，亦即点明致慨于爱情不遂的题旨。"风波"一联则愤怒控诉摧残人性的社会盲目力量。"菱枝""桂叶"喻女子（"桂叶"是唐代妇女画眉的一种式样），"风波"喻暴力。最富涵义的是"月露"，它滋润桂叶使其浓香馥郁，暗喻一切使此女子具有美好素质的外界条件，比如父母、家庭、文化教养等等。但对于她追求幸福生活的自然要求，却又全不理解，甚至加以压抑，所以她悲痛地恨叹：既然如此，谁让你们（即"谁教"）使我长大成人而又如

---

① 类似性质的人物形象在中国古典诗歌中极为罕见。外国小说中，则有英国狄更斯《远大前程》一书中的郝薇香小姐差可比拟。郝薇香小姐在结婚当日突遭爱人遗弃，从此失去理智，永远身穿结婚礼服，佩戴珠宝，面对梳妆台和巨大结婚蛋糕庄严端坐，等待爱人来临，直到最后被大火烧死都不肯离开。请参《远大前程》，王科一译本，上海译文出版社，1979年版。

此内质芬芳、有自己的理想追求呢[①]！末联申明忠于爱情理想而决不轻易妥协，即使因此被斥为"清狂"也在所不惜，于柔弱中透露出内在的刚强。

抒情诗不同于叙事作品，它总是将触动诗人灵感的事实推放到背景的位置而着重表现情感波动，至于那事实，或者不写，或者只写出一鳞半爪。因此，我们读诗，就不能不以自身的感受和经验去填充作者有意无意留下的那些空白，否则便无法借助有限的字句和浓缩的画面去领略全诗的意境和题旨。加上对于语言、意象等符号所指的不同理解，所以"诗无达诂"乃是必然现象。即以上述《无题二首》而言，种种理解上的分歧一直延续至今，但在意识到此诗在爱情的外表之外另有寓意，却又是比较一致的。

这种情况的出现，恰恰证明李商隐《无题》诗内容的多层和表现的曲折。既然是多层次的，自然就不必非统一起来，非用一种解释否定另一种解释不可。

---

① 李商隐有《别令狐拾遗书》（《樊南文集详注》卷八），其中对不顾子女意愿的买卖婚姻曾予以猛烈抨击，特别指出过"当其为女子时，谁不恨？及为母妇，则亦然"的现象。联系该文，这组《无题》是否可以理解为对养育子女，主观上希望他们幸福，但实际上却往往以"父母之命、媒妁之言"摧残子女之自然人性者的责问，乃至对于盲目摧抑人性者所遵奉的礼教戒条、生活准则的控诉？

我以为，要比较深入切近地理解义山诗，联系其全人、全部作品来考虑是完全必要的，虽然这样做颇犯了超出本文研究范围而涉及外部关系之忌，但这正是弥补了单纯文本研究之不足。比较有利的做法是将两者结合，立足于诗歌本文而又顾及全人。我在读解"来是空言""飒飒东风"两首《无题》诗即试用此法。两诗全文如下：

> 来是空言去绝踪，月斜楼上五更钟。
>
> 梦为远别啼难唤，书被催成墨未浓。
>
> 蜡照半笼金翡翠，麝熏微度绣芙蓉。
>
> 刘郎已恨蓬山远，更隔蓬山一万重。

> 飒飒东风细雨来，芙蓉塘外有轻雷。
>
> 金蟾啮锁烧香入，玉虎牵丝汲井回。
>
> 贾氏窥帘韩掾少，宓妃留枕魏王才。
>
> 春心莫共花争发，一寸相思一寸灰。

这两首诗本身的艳体面目无可怀疑，写的是浓烈至极而绝无希望的爱情。但这仅仅是表层的意思。它们在李商隐诗集中向来和另两首诗（一为五律，一为七古）合在一起，标为《无题四首》。这在李商隐诗的各种版本中无一例外，四首诗排列次序也都一样。汪辟疆认为它们的组合，"盖编者取其用意从同，故统括以《无题》耳"（《玉谿诗笺举例》）。其实，四诗之组合命名，究竟出于编者还是作者本人，很是难说。但无论如何，"用意从同"则说得不错，值得考虑。

既然如此，问题也就来了。因为这组诗的第四首是："何处哀筝随急管，樱花永巷垂杨岸。东家老女嫁不售，白日当天三月半。溧阳公主年十四，清明暖后同墙看。归来辗转到五更，梁间燕子闻长叹。"这首诗借老女不嫁、爱情没有归宿为喻，寄托寒士怀才不遇的感愤，对此历来无异议。那么与它同处于一个总题下的其他几首难道会是单纯的恋爱诗吗？它们的题旨有没有内在的同一性呢？何况联系义山生平，从另几首（尤其是上引两首）确也可以引出怀才不遇、理想落空的同类感慨来，也许正因为前几首诗意境的迷惑力太大，容易使人视为单纯的艳情诗，作者才有意在最后点破用心，给读者一把理解整组诗的钥匙，用它透露组诗的深层内涵。对于这显示于文本本身的线索，我们自应格外重视。

带着对组诗总体以失恋寄寓身世之感的看法再读两诗，我们从其内证中发现，它们确实包含着更广泛的人生感慨。首章主要表现在颔联"梦为远别啼难唤，书被催成墨未浓"。

如果一定要认为这诗是记录实有之事的情诗，或一定要从戏剧性情节的角度来理解此诗的具体意境，那么，"书被催成"云云，似乎很难讲得十分妥帖。试想深更半夜，正在急盼爱人来会，何处来人相催写信，以致她连墨也未能磨浓？又有何证据（或迹象）说明梦醒与作书是同时发生之事？只有当我们明白，那只是借了一个惯用的语象符号以表示情绪的急切和无奈，那才一切无碍。原来，在义山诗中，将书、梦这两个语象，书信难通和梦魂牵萦这两件事相连，组成对句以抒发思念（思亲、思友、思乡、思家，而不一定限于思情人）之情者，不止一处。书与梦形成一种内涵相当固定的语象——符号系统。①

试看下面的诗句，就都不限于写男女相思。《端居》："远书归梦两悠悠，只有空床敌素秋"。《碧瓦》："梦到飞魂急，书成即席遥。"《思归》："鱼乱书何托，猿哀梦易惊。"《晓起》："书长为报晚，梦好更寻难。"《赠从兄阆之》："怅望人间万事违，

---

① 日本学者亦早注意到这个问题，如松冈秀明《晚唐诗的"梦"——李商隐和杜牧的一个侧面》一文即论及做梦与写信，在李商隐那里均成为一种通信联络的手段，不过一为现实，一属幻觉而已。书、梦的对置应用已形成义山诗的独特之处。见日本京都大学《中国文学报》第三十册，1979年版。

私书幽梦约忘机。"

还有类似的用法，如《河阳诗》的"真珠密字芙蓉篇，湘中寄到梦不到"和《春雨》诗的"远路应悲春晼晚，残宵犹得梦依稀。玉珰缄札何由达，万里云罗一雁飞"。所谓"真珠密字芙蓉篇"，所谓"玉珰缄札"，即书信之谓也。其中有的与男女之情有关，但也有一部分则超越一般的男女之情。商隐长期作人幕僚，离家在外，无疑有过不止一次地托人寄书（甚至真的有"书被催成"）的经历，也无数次地做过魂返故乡的梦。这也许是义山在诗中屡屡将这两件事连在一起的心理原因，而在这首《无题》中也就情不自禁地把它用了上去。

还需提一下的是，古今诗人把"书""梦"联提，以表达思亲念家情绪的，比比皆是。笔者涉猎有限，已获数十例，兹略举如下：

归梦秋能作，乡书醉懒题。

（岑参《浐水东店送唐子归嵩阳》）

雁尽书难寄，愁多梦不成。愿随孤月影，流照伏波营。

（沈如筠《闺怨》）

远梦归侵晓，家书到隔年。　　　　（杜牧《旅宿》）

八行书，千里梦，雁南飞。　　　（温庭筠《酒泉子》）

别后旋成庄叟梦，书来忽报惠休亡。

（李远《闻明上人逝寄友人》）

骨肉凭书问，乡关托梦游。

（薛逢《酬牛秀才登楼见示》）

夜来因得思乡梦，重读前秋转海书。（张乔《游边感怀》）

异国久为客，寒宵频梦归；一封书未返，千树叶皆飞。

（于武陵《客中》）

梦断纱窗半夜雷，别君花落又花开。渔阳路远书难寄，
衡岳山高月不来。　　　　　　　　（徐夤《梦断》）

书托雁，梦归家，觉来江月斜。　（牛峤《更漏子》）

不仅唐五代人惯用这一语象符号系统，以后的人亦经常用。如宋人朱弁《夜雨枕上》有"愁工萦客思，梦故绕江乡。书疏亲朋少，干戈岁月长"；严羽《江楼夜月怀故山友人》有"楚塞来书远，闽关隔梦长"；周邦彦《过秦楼》词有"人今千里，梦沉书远"之句；清人舒位《姊丈戴松南挽诗》有"书来三日恶，梦去一秋深"之语。可见，书梦相连已不仅对于义山一人，而且其在中国文学中是一种具有普遍意义、内涵已为众所公认的语象符号系统。它所意指的范围，包括一般男女之情，但又远远超出男女之情。当这种语象符号出现时，对于熟悉中国诗的读者来说，必然引起内容宽泛的联想而不会局限于爱情一端。

正因为这样，我认为以"梦为远别啼难唤，书被催成墨未浓"一联为支柱的《无题》诗，虽然诗面显然是写男女恋情的，但却不宜将其内容理解得过于狭窄。应该看到，它确实可能是含有寄托的，概括了某种较宽泛的人生经验而并非只限于艳情。

"飒飒东风"一首是"来是空言""何处哀筝"两首的姊妹篇。这首诗用"韩寿偷香""宓妃留枕"的典故，又有"春心莫共花争发，一寸相思一寸灰"之句，显系艳体。然而于诉说失恋之外，是否隐含怀才不遇之慨？似亦不能绝对排除。"金蟾啮锁"一联所写二事，本来毫无瓜葛，仅从暗喻"通声气""被汲引"角度来看乃可相互联系。"贾氏窥帘"一联，重点其实是在突出一个"少"字、一个"才"字，可以理解为：我既曾如韩寿之年少，亦不乏曹植之文才，但他们均能为知音所赏，或于生前结为美满夫妇，或于爱人死后获得珍贵遗物，唯独自己空怀奇才大志，碌碌半生，终无所得，犹如相思多年，到底落空。紧接的尾联，则意谓既然如此，还有什么可留恋的呢？还是不要痴情地想念、追求吧，因为愈是情痴，痛苦就愈深啊！爱恋异性和寻找政治出路，本非一事；但仅就渴思切慕，孜孜相求，求之不得，心魂俱碎的感受来说，则又不无相通之处。"春心"一词在本诗中与花并举，当然是指下文的相思。但在义山其他诗中，有时所指亦较广，如"望帝春心托杜鹃""若比伤春意未多""刻意伤春复伤别"之类，作为一种语言符号，在中国诗中其能指虽皆较狭，但所指却可以很宽，也都不一定非同男女情事有关不可，而要看它们在诗中所指的具体情况而定①。同一词语、同一语象的多义性，以及由这种多义性带来的模糊性，正是中国诗词语言的

---

① 如以下诸例即是，鲍溶《送萧世秀才》："心交别我西京去，愁满春魂不易醒。"沈佺期《送陆侍御余庆北使》："朔途际辽海，春思绕辒辕。"戴昺《次韵晚春》："风絮遗春恨，烟花隔岁期。"罗隐《下第寄张坤》："蝴蝶有情牵晚梦，杜鹃无赖伴春愁。"郑谷《寄赠杨夔处士》："春卧瓮边听酒熟，露吟庭际待花开。"张咏《幽居》："满屋烟霞春睡足，一溪风雨夜灯孤。"孟浩然《春晓》："春眠不觉晓，处处闻啼鸟。"岑参《阌乡送上官秀才归关西别业》："醉眼轻白发，春梦渡黄河。"等等。

一大特色。从某种意义上说，诗人艺术技巧高低的一个重要衡量标准，即在于他能否恰当而巧妙地利用这种多义性、模糊性。而李商隐正是运用这种技巧以制造朦胧美的大师。

从"飒飒东风"这首无题诗来看，义山的绝望是如此强烈，这无疑同他昔日的追求过于热烈分不开。如果从诗人在仕途上半生的奋斗和挣扎来体味这首诗的深沉含意，把诗面所表现的对异性的追求同诗人平生对政治出路的追求沟通起来看，那么意味岂不更深长，也更符合这组诗的基本主题，与其他几篇放在一起也更和谐一致吗？

对于义山《无题》诗，前人有过一些总的评述，大都倾向于《无题》诗是有寓意和寄托的。例如清代的杜诏、杜庭珠兄弟说："义山《无题》，杨孟载谓皆君臣遇合，朱长孺亦言不得但以艳情目之，吴修龄又专指令狐绹说，似为近之。"[①] 他们的具体说法有所不同，但倾向则一；对于"君臣遇合""专指令狐绹"等说法，我们是不同意的，但扬弃其牵强比附，与汲取其艺术感受的某些合理因素并不矛盾。他们在反复体味《无题》的诗意时，感到里面包含层次甚多，不能"但以艳情目之"，这个颇带普遍性的感受并不错。何焯曾说"来是空言"等首"只是艳

---

① 杜诏、杜庭珠《中晚唐诗叩弹集》卷七，北京中国书店据采山亭藏版影印本，1981年版。

诗"，但后来还是更正了，改说："义山《无题》诸作其有美人香草之遗。"①冯浩更明白地叙述其认识过程："自来解《无题》诸诗者，或谓其皆属寓言，或谓其尽赋本事，各有偏见，互持莫决。余细读全集，乃知实有寄托者多，直作艳情者少，夹杂不分，令人迷乱耳！"②冯浩所说的这个认识过程，笔者也有很深的同感。

在这个问题上说得比较全面客观的还是纪昀，他在《玉谿生诗说》中有很好的议论。这些议论又见于他主持编写的《四库全书总目》和沈厚塽的《李义山诗集辑评》，字句稍有差异，内容则相同。纪昀是反对"刻意推求，务为深解，以为一字一句皆属寓言"的解诗方法的。但他又说："《无题》诸诗大抵祖述美人香草之遗以曲传不遇之感，故情真调苦，足以感人。""《无题》诸诗有确有寄托者，'来是空言去绝踪'之类是也。有戏为艳体者，'近知名阿侯'之类是也。有实有本事者，如'昨夜星辰昨夜风'之类是也。有失去本题而后人题曰'无题'者，如'万里风波一叶舟'之类是也。有与《无题》诗相连，失去本题，误合为一者，如此'幽人不倦赏'是也。宜分别观之，不必概为

---

① 何焯《义门读书记》。
② 冯浩《玉谿生诗集笺注》卷一。

穿凿。其摘诗中二字为题者，亦无题之类，亦有此数种。"①这些话说得有见地、有分寸，我觉得是比较中肯的。

吴调公先生在《李商隐研究》中指出："至于商隐的无题诗（包括其他以篇首二字为题的意旨深婉的爱情诗），有些是托美人香草以写志，而有些则是真的在描写爱情。过去有些人各执一偏，以概全体，都是错误的。"②笔者也很同意。

总之，我比较赞成前人所说《无题》诗"实有寄托者多，直作艳情者少"的说法。理由有两个方面，一是就这些诗本身的内容（即内证方面）来看，它们都不是男女情爱所能笼括、限制得住的。一是从义山全部创作倾向、他本人对创作的说明以及中国诗歌比兴寄托的传统（即外证方面）来看。必须看到，文化传统是一种不可忽视的力量。中国儒家思想要求文艺创作注意政治，注意内容，中国文人诗歌中存在着借"香草美人"抒情寄慨的悠久传统，这对义山创作不可能没有影响，这影响也不可能不波及他的"无题诸诗"。③近年来有许多研究文章和选本、注

① 见沈厚塽《李义山诗集辑评》卷上。参《四库全书总目》卷一五一，《李义山诗集》提要。
② 吴调公《李商隐研究》，上海古籍出版社，1982年版，第137页。
③ 这种传统不但诗中有，画中亦有。如郑所南画兰无根，隐喻宋亡。不但古代有，现代也有，如徐悲鸿画《逆风》（麻雀逆风而飞），尝自述："画什么东西，都要有精神的寄托。我的精神所寄，常常在这小东西麻雀身上。"（见艾中兴《怀念徐悲鸿老师》，见《美术》杂志1978年第6期）艾氏《徐悲鸿研究》（上海人民美术出版社，1981年版）论徐悲鸿画马，亦有相似论述。

释本不同程度地倾向于认为义山《无题》诗是有寄托的。它们的具体说法并不完全相同，但均试图探讨《无题》诗诗面以外的含意。这说明大家尽管具体体会各异，但对于商隐《无题》诗内容的多层和表现的曲折，总的感受是一致的。当然，关于这些诗诗意的探讨还将进行下去。这不但因为它们本身复杂，也因为读者的不同而看法不同。有些争论可能会是永久性的。

但是，我不赞成《无题》诗写君臣遇合之说。因为义山的实际地位与"君"或"宰臣"都相距很远。他长期担任九品小官（校书郎正九上，县尉从九上，正字正九下），后来得到的侍御史（从六下）和检校工部郎中（从五上）都不过是一种空衔，实际上，他从未身列朝班。他之模仿《楚辞》"祖述美人香草之遗"更多的是从宋玉而不是从屈原那里吸取了营养。由于政治地位不同，他也不可能有屈原那样的怀抱和感触，把他的《无题》诗扯到君臣际遇上去是牵强的。

我也不赞成把《无题》诗全都归之于写他和令狐绹的关系。仿佛义山在诗中所表现的追求对象若不是实际存在的某个女子，就一定是实际存在的另一个政治人物似的。那种一定要把抒情诗歌同某一件具体事情对应起来，对作为艺术创作（虚构和概括都是必不可少的）的诗歌去作历史考证才需要的事实核对，甚至把每一个形象、每一个场景、每一个典故都落实到现实中具体的人事上去的做法，是不可取的。

我认为义山"无题诸诗"是他以爱情生活为主要依据，而又融汇了全部人生经验，以感伤身世为基本主题的作品。用《无题》以及类似无题的形式写诗，乃是义山创作的一种特点和习惯。因为没有确凿材料，我们无法去落实它们所写的具体内容（或本事）。那就宁可将它们的诗意看得宽广一些、空灵一些，把它们视为商隐感叹身世之作的一种类型。这种取题方法可以远追到《诗经》时代，并为杜甫所爱用。① 李商隐不过进一步把它发展为一种具有个人特色的创作倾向罢了。近读刘学锴、余恕诚二先生合著之《李商隐诗歌集解》，其在《无题》（"紫府仙人号宝灯"）的按语中指出："全诗着力渲染某种可望而不可即之情景，以及追求、向往而又时感变化迅即，难以追攀之感。"并总结道："此类意境空灵虚幻、迷离惝恍之作，可能由某一具体情事触发，然当其融合其他情事，形成有典范性之艺术境界时，意义自不限于某一具体事件。若必欲探求义山何以有此

---

① 顾炎武曰："杜子美诗，多取篇中字名之。……古人之诗，有诗而后有题；今人之诗，有题而后有诗。有诗而后有题者，其诗本乎情；有题而后有诗者，其诗徇乎物。"（《日知录》卷二十一）

类作品，则其一生政治与爱情方面之追求与失望，皆为其生活基础，其给予读者之实际感受，亦即前述如怨如慕、执着追求而又不胜怅惘之情绪。"① 所论极是，与我对义山此类诗之认识感受完全一致。

义山诗以《无题》诗为代表，表现出一种"言在此而意在彼"的风格。这种风格与含蓄蕴藉的修辞方法有联系但又不是一回事。修辞上的含蓄主要是在精炼的语言形式中包含多层意思。例如罗大经论杜甫《登高》"万里悲秋常作客，百年多病独登台"两句，说"十四字之间含有八意而对偶又极精确"② 。但这些意思全都蕴含在诗的字面之中。李商隐的风格特色则是意在言外，是诗人从整体上把他要申述的观念（诗旨）与字词语象等相结合，而不限于局部的修辞，因此理解其诗意，也必然要涉及全篇，注意其"言在此而意在彼"的现象，亦即后代诗论家所谓的富有"韵外之致"和"味外味，象外象"的问题。南宋诗论家张戒说义山诗"其言近而旨远，其称名也小，其取类也大"，"咏物似琐屑，用事似僻，而意则甚远。世但见其诗喜说妇人，而不知为世鉴戒"③ 。清代诗论家叶燮有"李商隐七绝寄托深而措辞

① 《李商隐诗歌集解》第 1614 页，中华书局，2004 年版。
② 仇兆鳌《杜少陵集详注》卷二十引。
③ 张戒《岁寒堂诗话》卷上，历代诗话续编本，中华书局，1983 年版。

婉，实可空百代无其匹也"^①之论，其实何尝只是七绝如此？"寄托深而措辞婉"正是商隐诗风主要特点之一。有些研究者甚至把义山诗当成说出谜面而藏着谜底的谜语。当然，真正的好诗绝不应该是费猜的谜，把诗当谜猜也毕竟不是研究诗的正路。这里只是想说明，后人研究中这种倾向的产生是有原因的，是与义山创作的这种特点（发展得过了头，难免成为缺点）有关系的。

但是，无论"无题诸诗"隐晦曲折的表现形式给人们的理解带来多大困难，我们还是不能不高度地评价它们，因为它们乃是诗人李商隐饱含着伤感与忧思的心灵世界极其深邃、极其丰富的表征，是他对于诗歌艺术形式（特别是七律、七绝）把握到精熟入微、步入自由境界的表征。他的这些诗篇，正如爱尔兰著名诗人叶芝所说的那样："全部声音，全部颜色，全部形式，或者是因为它们的固有的力量，或者是由于源远流长的联想，会唤起一些难以用语言说明、然而却又是很精确的感情。……当声音、颜色、形式三者像音乐般地和谐美妙时，它们变得就像同一种声音、同一种颜色、同一种形式，它们所唤起的感情虽然互有差异，然而却是同一种感情。"^②我们读李商隐"无题诸诗"的确可以深刻而真

① 叶燮《原诗》外篇下，《清诗话》本，上海古籍出版社，1978 年版。
② 叶芝《诗歌的象征主义》，见伍蠡甫主编《现代西方文论选》，上海译文出版社，1983 年版。

切地感受到诗人的生命意识，诗人对于生命价值的极端重视和由此而产生的对于坎坷人生的无限感慨。就想象的超迈、内容的充实、形式的完整和语言的精纯而言，他的这些作品够得上法国现代象征主义诗人保尔·瓦莱里所提倡的具有高度审美价值的"纯诗"——一个由思想、形象、语言及其内蕴的心灵情感所共同构成的美的艺术体系。这似乎是个奇迹——现代象征主义诗派所竭力追求而自认很难达到的境界，在中国古代诗人李商隐那里实际上已经存在着了。它们以丰富的人生经历为基石和背景，是诗人独特的生命存在方式之反映，是诗人对抗现实的困厄以寻求生命自由的行程轨迹。这个由诗人深邃心灵所构成的独特艺术世界，是由主体内部所生发，因而充分地表现了诗人内在精神的真实，贯穿着诗人从全部生命经验中抽取出来的哲思。它在形式上既是那样瑰丽、和谐、优美、铿锵，又是那样朦胧恍惚，甚至幽深而神秘，叫人对它心有所感，意有所会，却又难以说清究竟。在我国，一代又一代的读者，对它迷恋难舍；而当它跨出国境，走向世界时，又引起国际读者极大的兴趣和关注。原因恐怕就在于此吧。

第九章

凄清感伤
——诗歌语言的基调

诗歌是语言的艺术。所谓诗风，很大程度就表现在语言风格上。古希腊诗论家亚里士多德在《修辞学》一书中把"风格"和"使用的语言"画上了等号。[1] 在苏联，曾有一派文艺学家倾向于从语言特征来考察风格，认为风格主要是，甚至仅仅是一种语言现象。[2] 我们的看法是，诗歌风格并不全等于它的语言风格，

---

[1]　亚里斯多德《修辞学》："做一次演说，有三点必须加以研究：第一，产生说服力的方法；第二，风格，或者使用的语言；第三，各个部分之间妥当的安排。"转引自伍蠡甫主编《西方文论选》，人民文学出版社，1964 年版。

[2]　如赫拉普钦科《作家的创作个性和文学的发展》（上海人民出版社，1977 年版）即是如此主张。

语言风格又并不只是修辞风格。但语言和修辞的风格又确实反映了作家创作个性的一个重要方面，是必须予以充分重视的。

从某种意义上来说，诗人是语言的建筑师。他以语言文字为材料，构建诗歌的艺术大厦。诗人又是语言的魔术师，尽人皆知、平淡无奇的语言文字，到他们手上，竟能平白变化出那么多境界和意味。因此，不如说诗人是语言的化学师——他将不同的单字、词汇、词组像化学元素似的按一定方式予以配合，让它们产生某种"化学效应"。于是诗歌的语言便像浓盐酸倾入了水中，发出巨大的热量，或像镁粉在氧气中燃烧而发出耀眼的光芒。任何一个民族的语言都是有一定规范的，任何人也不能违背它。但诗人们却能够在这种规范下充分地表现其操纵语言的本领。诗艺愈是高明，他运用语言的自由度就愈大。有时候，他们的自由挥洒是如此举重若轻、游刃有余，简直令人惊美不已。从这个意义而言，把运用语言自由度极高的诗歌创作比为语言的游戏，自然毫不带贬义而反映了对于语言巨匠高超诗艺的由衷钦慕。

李商隐诗歌语言和韵律之美是举世所公认的。

义山诗描述语言最显著的特征自然是秾艳华丽。前人对此有"李义山诗只知有金玉龙凤""李义山（诗）如百宝流苏、千丝铁网、绮密瑰妍，要非适用"①的批评。如果我们再读读下面一些诗句："锦帷初卷卫夫人，绣被犹堆越鄂君。垂手乱翻雕玉佩，折腰争舞郁金裙"（《牡丹》）、"阆苑有书多附鹤，女床无树不栖鸾"、"紫凤放娇衔楚佩，赤鳞狂舞拨湘弦"（《碧城三首》之一、之三）、"金鱼锁断红桂春"、"越罗冷薄金泥重"（《燕台诗·秋》）、"冰簟且眠金缕枕，琼筵不醉玉交杯"（《可叹》）以及像《宫中曲》《无愁果有愁曲北齐歌》《效徐陵体赠更衣》《和孙朴韦蟾〈孔雀咏〉》《烧香曲》等篇章，就会承认上述批评是相当符合实际的。这种语言风格之形成与诗歌所要表现的内容有关。

但是义山诗的描述语言还有完全不同于华美香艳的另一种色调。这是因为他的诗不但一定程度地触及现实生活中的悲惨场面，而且存在着一条感伤的主题贯穿线。像《行次西郊作一百韵》那样客观反映民众在死亡线上挣扎的作品，就不可能不出现"十室无一存，存者皆面啼""城空雀鼠死，人去豺狼喧"之类的诗句，像《有感二首》那样反映"流血千门，僵尸万计"的甘露之变的作品，也就少不了"鬼箓分朝部，军烽照上都""敢云堪恸哭，未免怨洪炉"之类的话。至于反映官场内部斗争的《哭虔

---

① 分别见张戒《岁寒堂诗话》，敖陶孙《臞翁诗评》。

州杨侍郎（虞卿）》《哭遂州萧侍郎（浣）》，反映正直知识分子悲剧命运的《哭刘蕡》等四首，《闻着明凶问哭寄飞卿》和那些感伤身世、怀人悼亡的诗篇，以及咏叹历史上那些亡国败家的昏君、大功未成的英贤的作品，它们的内容就决定了其描叙语言一定要突破"金玉龙凤""绮密瑰妍"的范围，而带上沉痛凄切、森冷阴暗的色调。史称义山"善为哀诔之辞"，这在他的诗作中同样可以得到印证。我们在看到义山诗语言的华美时，决不可忽视这一面。这两面辩证地统一在商隐诗歌中，也同样为商隐所着意追求。

在运用典故来构筑其形象体系时，商隐喜欢以历史上失意或失败的人物作为"诗材"，他多次满怀深情地提到才高遭忌、善于悲秋的宋玉，提到在大官僚的排抑之下郁郁死去的贾谊，以及魏晋时代以诗文著名而身世悲凉（或多病，或不达，或见杀，或受斥，或远离家国、死于异乡）的祢衡、王粲、刘桢、曹植、陆机、阮籍、庾信等人。当描叙这些人物以隐喻自己的遭际与心情时，诗歌语言自然不能不是悲苦酸凄的。

义山还特别喜欢摄取萧条衰飒的自然景象以构成意境或用作比兴。于是，破镜、断琴、孤鸾、独鹤、疏萤、暮蝉以及遭人剪伐的嫩笋、为雨所败的牡丹、飘荡无主的杨柳、青春易老的槿花，乃至鸟啄殆尽的樱桃、风吹雨打的枯荷，或者绕树无依的乌鹊、侵宵冒雨的雁群等等感情色彩浓烈的语象，便在义山笔下频频出现，并且在许多诗中由这些语象组成复合的、系统的语象群，更为强有力地显示了他创作个性中根深蒂固的感伤倾向，创造了阴柔的语言美。

义山描叙语言的阴柔之美突出地表现在他的写景诗中。他的写景诗既没有像李白那样去写奔腾的长江大河、巍峨的昆仑峨眉，而具备豪迈雄奇一泻千里的语言风格，也不曾如王维的"人闲桂花落，夜静春山空；月出惊山鸟，时鸣春涧中"（《鸟鸣涧》）那样表现出静谧恬淡的诗趣，但也不同于柳宗元因政治热情急骤冷却而在写景诗文中表现出来的幽峭森冷的格调和李贺所刻意追求的那种鬼火荧荧的奇僻境象。义山写景诗的典型意境是高阁人去、小园花落：

高阁客竟去，小园花乱飞。

参差连曲陌，迢递送斜晖。

肠断未忍扫，眼穿仍欲归。

芳心向春尽，所得是沾衣。（《落花》）

或者是夕阳欲坠，黄昏已近：

> 向晚意不适，驱车登古原。
> 夕阳无限好，只是近黄昏。（《乐游原》）

前者场景较狭，笔触细腻，阁是高阁，园是小园，客既离去，则主人之孤独寂寞便更加难以排遣。于是面对落花而"肠断"，而"眼穿"，而泪下"沾衣"。一种怅惘无绪的心情，笼罩着全部诗境。这种诗境与其他诗中所写到的"凄凉宝剑篇，羁泊欲穷年。黄叶仍风雨，青楼自管弦"（《风雨》）、"春日在天涯，天涯日又斜。莺啼如有泪，为湿最高花"（《天涯》），虽然具体语象有别，但情味一致。后者视野开阔，笔触于悲中见豪。"驱车登古原"已颇有气势，"夕阳无限好"，即残阳如血景象，愈益浑灏苍茫，然而，其实是假借豪放以增益悲怆。主宰全诗的中心意象与前诗有某种共同之处——都是西沉的落日，一种美丽壮观却令人产生无穷悲感的自然现象（前诗的"迢递送斜晖"，也透露了诗人的时间意识）。而这便构成了义山诗典型的意象、典型的境界、典型的情绪和思想。

除了日薄西山、斜晖脉脉之景因为最能体现其心境而为义山所钟爱外，各种各样的月色以及风朝雾夕、雨夜霜晨的情景，也在义山笔下时常出现。他写月，有"雪月交光夜"（《无题》"紫府仙人号宝灯"）、"曙月当窗满"（《清夜怨》）、"月澄新涨水"（《夜出西溪》）、"月带楚城秋"（《江上》）、"江月夜晴明"（《思归》）、"疏帘留月魄"（《街西池馆》）之清景，又有"先知风起月含晕"（《正月崇让宅》）、"含烟带月碧于蓝"（《望喜驿别嘉陵江水二绝》之二）、"清月依微香露轻"（《偶题二首》之二）等凄美境界，还有"推烟唾月抛千里"（《无愁果有愁曲北齐歌》）、"月浪衡天天宇湿"（《燕台诗·秋》）之类的奇想。他写风雨霜露，则有"江风吹雁急，山木带蝉曛"（《哭刘司户二首》之一）、"四海秋风阔，千岩暮景迟"（《陆发荆南始至商洛》）、"虹收青嶂雨，鸟没夕阳天"（《河清与赵氏昆季宴集得拟杜工部》）、"月榭故香因雨发，风帘残烛隔霜清"（《银河吹笙》）、"青女素娥俱耐冷，月中霜里斗婵娟"（《霜月》）、"古木含风久，疏萤怯露深"（《摇落》）、"风露凄凄秋景繁，可怜荣落在朝昏"（《槿花》）等佳句，或以单个意象，或偶对组接为复合意象，或与夕阳、皎月、归鸟、疏萤、寒蝉、残烛等意象相配，构成更为复杂多义的符号系统。而归根结底，它们同李商隐的另一些写景名句，如"思子台边风自急，玉娘湖上月应沉"

（《出关宿盘豆馆对丛芦有感》）、"断雁高仍急，寒溪晓更清"
（《淮阳路》）、"碧草暗侵穿苑路，珠帘不卷枕江楼"（《与同年
李定言曲水闲话戏作》）以及"人间路有潼江险，天外山惟玉垒
深。日向花间留返照，云从城上结层阴"（《写意》）、"卷帘飞
燕还拂水，开户暗虫犹打窗"（《水斋》）等一样，全是写凄清寒
峻的境界，多用"冷调"色彩的描叙语言确已成为李商隐诗的一
大特色。

浓艳和凄清两种色调的描述语言有时在同一首诗中出现，
更能取得相反相成、彼此烘托的效果。如《七月二十八日夜与
王郑二秀才听雨后梦作》，前面大段写梦境，"龙宫宝焰""瑞霞
明丽""细管""飞烟""仙人""冯夷""毛女""龙伯"相继出
现，画面五彩缤纷，热闹非凡，语言也极华丽，叫人有目不暇接
之感。然后忽然打住，以"恍惚无倪明又暗，低迷不已断还连。
觉来正是平阶雨，独背寒灯枕手眠"几句作结。幻象倏地消失，
眼前的极端寂静孤单恰与梦中景象成为鲜明对比，语言也相应
地回到惯常的清冷，而作者若有所失的惆怅心情便不言自明，且
显得加倍深沉。

如果说描叙语言的任务是给读者提供丰富多彩的形象画面，
那么抒情语言的职责就在于引导读者按照诗人的创作意图去进

行联想、引申和探索。义山于此当然会格外用心。另一方面,义山喜爱用隐晦曲折的手法来设譬或寓意,诗意因多用比兴而具复杂化、多层次特色,从而这种表现其感情倾向的抒情语言也就显得格外重要。

例如义山爱用的一个词是"可怜":"可怜夜半虚前席,不问苍生问鬼神"(《贾生》)、"可怜庾信寻荒径,犹得三朝托后车"(《宋玉》)以及写槿花以喻人事的"可怜荣落在朝昏"(《槿花》)等等,不一而足。在这里,"可怜"二字就把诗人的寄托和爱憎态度表现得十分清楚。纪昀评《贾生》诗说:"纯用议论,然以唱叹出之,故佳!"[①]就指出了义山诗的这个特点:诗的"议论"全靠平实的叙述和"可怜"二字的"唱叹"透露出来,可谓举重若轻,含意隽永。这一类例子很多。如《王昭君》:"毛延寿画欲通神,忍为黄金不为人?"《野菊》:"已悲节物同寒雁,忍委芳心与暮蝉?"均着一"忍"字作问语,作者对所咏对象的同情和悲悯就和盘托出了。

又如"断"字也为义山所爱用。前引《落花》有"肠断未忍扫"之句,又《垂柳》("娉娉小苑中"):"肠断灵和殿,先皇玉

---

① 见沈厚塽《李义山诗集辑评》卷中。

座空。"《风雨》："心断新丰酒，销愁斗几千！"《潭州》："目断故园人不至。"《寄成都高苗二从事》："命断湘南病渴人。"以及《无题》（"白道萦回入暮霞"）："斑骓嘶断七香车。"《无题》（"凤尾香罗薄几重"）："断无消息石榴红。"《昨夜》："桂花吹断月中香。"《曲池》："迎忧急鼓疏钟断，分隔休灯灭烛时。"《蝶三首》之一："远恐芳尘断。"等等。查义山全部诗作，"断"字共用七十次之多。这些"断"字对于渲染全诗惨伤低回的气氛有相当重要的作用。可见这种遣词习惯并不是作者无意识的行为，而已成为其创作个性的一个重要方面。

此外，义山还不止一次地用过"无端""枉""费"，以至"愁""怨""恨""叹"这些词以诉说其伤感失望之情。这里试举较典型的一例以概其余。《蝉》诗的前四句"本以高难绝，徒劳恨费声。五更疏欲断，一树碧无情。"上句用了"断"字，而且是"欲断"，蝉声的凄清悲苦和发出这嘶声的蝉之有气无力已可想见。"徒劳""恨""费"四字都是议论之词，是说这蝉喊得声嘶力竭，在冷酷的现实中照样一无所得。尽管如此，它却不能改变命运，仍将挣扎着嘶喊下去——明知嘶鸣徒劳，而仍不得不如此费声，岂能不恨？与它形成对比的，是"一树碧无情"，大树对蝉鸣毫无反应，显得非常冷漠无情。这就把蝉的无望和困厄写到了极致。这样写蝉，显系诗人主观化的结果。一面是写蝉，一面是隐喻自己（或命运相同的文人）之意。正因为鸣蝉与诗人在清高自守、徒劳费声方面有共同之处，所以诗人听到蝉鸣才会有"烦君最相警"的感受，下半首即由写蝉引申到写自己的遭际。这首诗中的议论，乃是一种直接的抒情，把诗人的心情直接倾诉给读者，而由于这种议论是用"唱叹"形式表现出来，所以并不觉得生硬或干涩。

当然，李商隐诗的议论感慨更多是在语气口吻之中而不是通过只字单词来显示的。这种融议论于"平平写去"和"衬贴活变"的方法，其实质是借助语言结构的力量，使诗句产生远超过字词本身所具有的直接意指作用，从而大大增加诗句的思想容量与艺术魅力，因而比前面所举的方法要更高一筹，也为诗人所更爱采用。例如"何日桑田俱变了，不教伊水向东流"（《寄远》），表现渴望现实发生巨变；"人间桑海朝朝变，莫遣佳期更后期"（《一片》"一片飞烟"），表现追求理想的迫切心情，都可以从语气中体会出来。尤其是那些咏史诗，则更往往字面上不着议论而骨子里满含褒贬。试看《北齐二首》的"小怜玉体横陈夜，已报周师入晋阳""晋阳已陷休回顾，更请君王猎一围"，用想象之词将荒淫享乐与亡国之惨作鲜明而冷峻的对比，《齐宫词》的"梁台歌管三更罢，犹自风摇九子铃"，对后继者无视前车之鉴作不动声色的客观叙述，《隋宫》的"玉玺不缘归日角，锦帆应是到天涯"，批评隋炀帝的骄奢，出以虚构推测之辞，《瑶池》的"八骏日行三万里，穆王何事不重来"，指出求仙的无稽，则又发为明知故问的诘难。总之，表面不作明显的褒贬，却处处让人体味出揶揄挖苦和含蓄批评的口气，因而得到历来诗论家的激赏。沈德潜评《齐宫词》说："此篇不着议论；'可怜夜半虚前席'竟着议论，异体而各极其致。"[1] 纪昀评《北齐二首》说："议论以指点出之，神韵自远。"[2] 所谓"以指点出之"，即在叙述中自见而不另作评议，所以才能够"神韵自远"而绝不板滞直露。这种不落言筌的议论正是义山创作的重要特色之一。何焯评论《井络》一诗，先指出其简练精辟："四句（指前四句）中包括后人数纸，如此工致却非补缀。"接着总结道："义山佳处在议论感慨；专以对仗求之，只是昆体诸公面目耳！"[3] 这就指出了义山诗风与西昆诗人作风的一个根本区别。

在直接抒情方面，还需要着重提一下义山诗以极简练的字

---

① 沈德潜《唐诗别裁》卷二十。

② 见沈厚塽《李义山诗集辑评》卷上。

③ 何焯《义门读书记》。

句对人生经验和社会现实作气魄宏伟的大概括问题。这对于造成义山诗苍凉悲壮的风格，关系甚大。例如下面这样一些句子：

万里飘流远，三年问讯迟。

（《五月六日夜忆往岁秋与澈师同宿》）

江海三年客，乾坤百战场。　　　（《夜饮》）

天意怜幽草，人间重晚晴。　　　（《晚晴》）

异域东风湿，中华上象宽。　　　（《北楼》）

此生真远客，几别即衰翁。　　　（《寓目》）

人生何处不离群，世路干戈惜暂分。

（《杜工部蜀中离席》

悠扬扫梦惟灯见，澒落生涯独酒知。

（《七月二十九日崇让宅宴作》）

中国古代文论家早就懂得警句在文章中的价值，陆机《文赋》曾有"立片言以居要，乃一篇之警策"之论。唐代伟大诗人杜甫悬"语不惊人死不休"为鹄的，愈到晚年对诗句的锤炼功夫越为深细。同样，上引诸句，也是商隐对丰富的生活经验和感受进行浓缩和提炼的结果，是他在思想感情和艺术技巧上臻于成熟的标志，而且清楚地显示了杜甫对他的影响。这些句子若与杜诗中"长为万里客，有愧百年身"（《中夜》）、"勋业频看镜，行藏独倚楼"（《江上》）、"万里悲秋常作客，百年多病独登台"（《登高》）、"酒债寻常行处有，人生七十古来稀"（《曲江二首》之二）并列，可无愧色。所谓"沉郁顿挫"的诗风在这一类诗句中表现得最为突出。李商隐显然是曾经下功夫学过杜甫的，重点主要是语言、意境、韵律方面（这与他学习李贺的侧重点相同），而上述警句便是他学杜成绩的突出表现。

大量用典，是李商隐诗歌语言风格的一个极为重要的方面。所谓用典，用中国古代文论的观点来理解，其实乃是比兴手法的一种，或者是比兴范围的扩大；也是一种为了增加语言内涵和典雅程度的修辞手段。用典并不是构成诗歌的必要因素，诗歌完全可以用白描或直接抒情的方法；但用典却是构成骈体文不可缺少的因素之一。中唐时韩愈、柳宗元发动的古文运动，虽对文坛影响甚巨，但直到晚唐，朝廷与官府文书通用骈体的旧习仍未改变。李商隐少年时代是从学古文入手的，后来因为仕途需要，他改学"今体章奏"，结果成绩十分出色，被人赞为"今体之金绳，章奏之玉律"①。他的诗歌创作也受到骈文笔法的深刻影响。如果说以散文入诗，是昌黎诗风的一大特色，那么，以骈文入诗大约就是玉谿诗风的一大特色了。

关于李商隐以骈文为诗的风格特征，是笔者向钱锺书先生请教时，钱先生指示的。本书本节的写作，主要就是受了钱先生指教的启发。近读周振甫先生《李商隐选集》，其《前言》论李商隐诗文，亦以钱先生提出的义山"以骈文为诗"为贯穿性论点。其中引述钱先生一封书信的一节谓：

> 樊南四六与玉溪（谿）诗消息相通，犹昌黎文与韩诗也。杨文公（亿）之昆体与其骈文，此物此志。末派捔撋晦昧，义山不任其咎，亦如乾隆"之乎者也"作诗，昌黎不任其咎。所谓"学我者病"，未可效东坡之论荀卿、李斯也。

周先生即按此方向详论了义山诗与其骈文的关系。认为"他（义山）的诗与骈文都写得玄黄备采，音韵铿锵，善用比喻，思合自然"，"他在骈文和诗里都把议论、叙事和典故结合"，等

---

① 见孙梅《四六丛话》卷三二。

等。周先生的论析具体而详尽，读者可以参看。①

　　根据笔者的粗浅体会，骈文本与散文相对，而与诗，特别是律诗，则在形式上有很多共同点，比如其句子结构均有骈偶对仗的要求，其用字均有音韵调谐的问题，对句之间平仄粘对关系两者即有近似之处。那么，以骈文为诗这一特点在形式上的根本标志究竟是什么？我以为即在于典故的大量运用。

　　应该说明，义山是能够用白描或直接抒情手法写出极为真挚、优美的诗歌来的。如《宿骆氏亭寄怀崔雍崔衮》《夜雨寄北》《落花》《春日寄怀》《临发崇让宅紫薇》《乐游原》《春雨》《端居》《夜半》《晚晴》等等就是如此。但是擅长用典却又是义山诗艺的独得之秘，在律、绝二体，特别是那些用来应酬的五言排律中，表现尤为突出。例如《自桂林奉使江陵途中感怀寄献尚书（郑亚）》这首诗，从开头的"下客依莲幕，明公念竹林"到结尾的"人皆向燕路，无乃费黄金"共计三十韵，除去头尾隐含的典故不算，诗中明白提到的历史人物就有贾谊、陈琳、伏波（马援）、有虞（虞舜）、周续之、展禽、五羖（百里奚）、张衡、沈约、江淹、庾翼、卢谌等十二个之多。此

① 周振甫《李商隐选集》，上海古籍出版社，1986 年版。

外，还提到传说中的鲛人（诗中称"泉客"）和根据佛经、旧史的记述虚拟的"白衣居士"和"乌帽逸人"等。仅此一斑，就可窥见这首诗使用典故的密度之高了。大中年间，义山居东川幕，曾有献寄西川节度使杜悰的诗两首：《五言述德抒情诗一首四十韵献上杜七兄仆射相公》及《今月二日不自量度辄以诗一首四十韵干渎尊严伏蒙仁恩俯赐披览奖逾其实情溢于辞顾惟疏芜曷用酬戴辄复五言四十韵一章献上亦诗人咏叹不足之义也》，也是大量用典以曲达意向的代表性作品。其中奉承杜悰家世高贵，吹嘘杜悰的才能和治绩，陈述自己的坎坷生涯和望荐的心情，大都不肯直说（也难以直说），而用古人、古事来作比。这样的诗，使我们想起《樊南文集》和其续编中那些骈四俪六的章表奏启及各种应酬文字，虽然一为文，一为诗，但其性质与功用很相近。在这类文字中大量用典，是文体的需要和常规，早已形成了一种不可违拗的风气。义山是经过像令狐楚这样以今体章奏闻名于时的专家指导，自己又下过苦功，才学会这类技巧，并取得青出于蓝而胜于蓝的成绩。后来他长期以这套作文技巧为谋生手段，在充任幕僚时，代笔起草对上、对下的各种公文、致长官和同僚的某些私人信件，写作这种在唐代官场中通行的骈俪体文字，已是义山的职业。因此在诗文中獭祭典故、铺陈辞藻，用古人、古事、古语、古诗的意境来婉转含蓄地说明事实或表达思想，就渐渐成了义山得心应手的本领。而这种运用典故的高度技巧，也就帮助他把某些不易明白表述，或难以启齿而又非说不可的话，采用典丽温雅、从容不迫的方式形诸文字。对于义山诗的典故，前人批评很多。有人批评义山用典过于深僻，说："义山诗合处，信有过人，若其用事深僻，语工而意不及，自是其短。"甚至说："诗到义山谓之文章一厄，以其用事僻涩。"① 有人批评义山用典过多，如黄彻《碧溪诗话》指出义山《喜雪》诗堆积故实："一篇之中，用事者十七八。"范晞文《对床夜语》说："前辈云，诗家病使事太多。盖皆取其与题合者类之，如此乃是编事，虽工何益？"我们在阅读义山诗时，也确会感到某些诗铺排典故过多，不但产生了如王国维《人间词话》中所说的"隔"的坏作用，而且夹杂一些陈词滥调，流露出一种庸俗气息。如《过姚孝子庐偶书》的"鱼因感姜出，鹤为吊陶来"，《行至金牛驿寄兴元渤海尚书》的"诸生个个王恭柳，从事人人庾杲莲"之类。

事实上，文人作诗讲究用事由来已久，而早在六朝时，就有

---

① 见胡仔《苕溪渔隐丛话》前集卷二二引《蔡宽夫诗话》《冷斋夜话》。

人反对"缉事比类"和"文章殆同书钞"的创作风气①。以后历代也不乏反对用事的议论，如宋代朱弁说："大抵句无虚辞，必假故实，语无空字，必究所从，拘挛补缀而露斧凿痕迹者，不可与论自然之妙也。""篇章以故实相夸，……自颜、谢以来乃始有之，可以表学问而非诗之至也。"②严羽针对江西诗派的弊病批评道："近代诸公作奇特解会，遂以文字为诗，以议论为诗，以才学为诗。……且其作多务使事，不问兴致；用字必有来历，押韵必有出处，读之终篇，不知着到何在。"③。

然而有意思的是，尽管诗论家的批评如此严厉，后代诗歌用典之风非但未绝迹，而且有愈益盛行之势。运用典故几乎成了传统的中国诗歌不可缺少的一种写作技巧，能否纯熟、恰当、妥帖而自然地把典故组织到诗歌中去，也几乎成了衡量用中国传统诗歌形式进行创作的人艺术水平高低的尺度之一。明人胡应麟甚至说："诗自模景述情外，则有用事而已。……欲观人笔力

---

① 萧子显《南齐书·文学传论》批评当时"缉事比类，非对不发，博物可嘉，职成拘制"，"或全借古语，用申今情，崎岖牵引，直为偶说，唯睹事例，顿失清采"。钟嵘《诗品》说："吟咏情性，亦何贵于用事？""观古今胜语，多非补假，皆由直寻。"所以极力主张写"即目"、"所见"而反对"经史"、"故实"、"拘挛补衲"。刘勰《文心雕龙》《丽辞篇》《事类篇》亦有论述。
② 朱弁《风月堂诗话》，宝颜堂秘笈本。
③ 严羽《沧浪诗话·诗辨》，历代诗话本。

材诣，全在阿堵中。"①这又是什么缘故呢？也许李商隐诗歌可以帮助我们找到部分答案。

用典常常使义山诗具有语言简练而耐人寻味的妙处，也是造成义山诗含蓄隽永、曲折朦胧风格的重要原因。所谓用典，无非是用极省俭的字句提示涵义十分丰富的内容，以启发和引导读者沿着作者提供的线索去联想，从而使阅读和鉴赏实际上成为对形象和意境的再创造活动。读者由此获得创造的愉快和美感的享受，比读那些一览无余的作品自然要多得多。

《安定城楼》颔联曰："贾生年少虚垂涕，王粲春来更远游。"这是义山诗用典最浅显易懂的例子，只不过在"垂涕"和"远游"之前冠上两位古人的名字而已。然而倘若只说"垂涕"而不提贾生就不能暗示出青年诗人忧国忧民的焦虑心情，"垂涕"的内容就不够明确，下文的"欲回天地"也失去了必要的照应。而如果只说"远游"而不提王粲，那么读者就不能由此联想到诗人的自负和孤苦无依的身世之感，也不会联想到他依人寄食的深沉痛苦。这样，下面"永忆江湖归白发"云云的高蹈情绪也就缺乏依据。总之，这里不用典，诗句也能成立，但内涵就显得单薄，而用了典故却能导使读者把李商隐的遭际同贾谊、王粲

---

① 胡应麟《诗薮》"内编"卷四，上海古籍出版社，1958年版。

的生平事迹联系起来，使读者把对贾、王的理解和同情转移到作者身上，取得用少许语言而蕴含丰富涵义的良好效果。加上两句之中各用一个副词（"虚""更"），把诗人虽忧国而无用，欲安居而不能的那种比古人更其可悲的处境作了强调，这首诗的感染力就大为加强了。

这种用典方法比较简单，当用于对偶句中，又能兼有形式整齐，韵律和谐之美，所以为义山所爱用。下面的一些例句都属于这样一类：

窦融表已来关右，陶侃军宜次石头。　（《重有感》）

只有安仁能作诔，何曾宋玉解招魂。　（《哭刘蕡》）

茅君奕世仙曹贵，许掾全家道气浓。

（《郑州献从叔舍人褒》）

万里忆归元亮井，三年从事亚夫营。（《二月二日》）

益德冤魂终报主，阿童高义镇横秋。　（《无题》）

刘放未归鸡树老，邹阳新去兔园空。

（《喜闻太原同院崔侍御台拜，兼寄在台三二同年之什》）

七律《潭州》中二联的用典比上述诸例要稍稍深曲一些。"湘泪浅深滋竹色"用娥皇、女英哭舜泪洒斑竹的传说，既切潭州（今湖南长沙）的地望，本身又很有声色。"楚歌重叠怨兰丛"借屈原辞赋的意境突出一个"怨"字，使人立刻想到作者显然有借以自况之意。所谓"兰丛"自然也该理解为古今谗佞者的代称。"陶公战舰空滩雨，贾傅承尘破庙风"因添加了作者的想象和观感而形象更为鲜明突出，用意则在于以陶侃、贾谊的功勋和遗迹均已破灭无存来宣泄事业成空的感慨。从前两句看，其典实蕴蓄在字面之内，而看后两句，则作者的用意又隐藏在典实之外。诗的一开头，提出"今古无端入望中"的命题。中四句却连用四典，仿佛只有"古"而丢掉了"今"。但作者正是因伤今而忆古，所以只要我们掌握了伤今与忆古的关系，就能反过来循诗人之所忆，推诗人之所伤，就可以体会到诗人登上潭州官舍楼上而北眺长安时的复杂心情和产生这种心情的现实基础。在这里，我们不能不赞叹诗人所用的四个典故在渲染气氛、构成意境、阐明主题和开拓诗歌历史深度的妙用。

　　用典能帮助义山用优雅从容的风度说出一些难以明言或羞于启齿的话。这在义山诗中可谓屡见不鲜。例如"嗟予久抱临邛渴，便欲因君问钓矶"（《令狐八拾遗见招送裴十四归华州》），据冯浩注，是义山此时失偶未娶，用司马相如在临邛以琴心挑动卓文君与之私奔事，表示自己渴望娶妻之意。这意思诉诸直白的语言将成何说话！又如"休问梁园旧宾客，茂陵秋雨病相如"（《寄令狐郎中》）、"侍臣最有相如渴，不赐金茎露一杯"（《汉宫词》）以及"几时绵竹颂，拟荐子虚名"（《令狐舍人说昨夜西掖玩月因戏赠》），都是用司马相如或扬雄之典慨叹怀才不遇与申说望荐的心情，对于自命清高的封建文人，这意思自然是不肯直说的。

　　李商隐不但善于以用典达难宣之隐，而且善于以用典来表达复杂胶结、一言难尽的思想感情。《有感二首》要在短短的篇幅内对甘露之变中各种势力的是非功过作出评价，又要使这种评价成为艺术的语言而不是直截了当的史论，不运用一些典故就很难办到。直接参与甘露之变的有皇帝唐文宗，大臣李训、郑注，大宦官仇士良等，被卷入的还有未曾预谋的宰相如王涯、舒元舆、贾𫗧以及被宦官以搜捕李、郑馀党为借口而抄家灭族的其他大官僚，如前岭南节度使胡证等。对于挟持皇帝为所欲为的宦官势力，商隐是痛恨的。对于李训、郑注，商隐的态度最为复杂。就他们好大喜功、野心勃勃而又相互勾心斗角、争宠弄权的一面，特别是仓促发动事变给国计民生带来的巨大危害来说，商隐很不满；可是，若从朝士与宦官搏斗的角度，特别是最后的悲惨结局来看，李、郑又值得同情。商隐对于他们的评价确实是一言难尽。至于那些无辜的卷入者，就这次事变来说，他们的受害当然很冤枉；可是若把这次事变与他们平日的所作所为联系起来考虑，则他们的遭殃实在又是积恶所致。对于他们，也不能简单对待。应该说，李商隐在诗中是充分地表达了这种复杂的思想感情的。这不能不归功于他用典的高度艺术技巧。下面看看他是如何通过用典既明确又含蓄地提出对李、郑的评价的。《有感二首》之一的"如何本初辈，自取屈氂诛"一联，意思就有以下几层：一、肯定李、郑诛除宦官的意图；二、但暗示他们又有袁绍（字本初）似的野心和好大喜功的毛病；三、结果是宦官的反扑消灭了李、郑，有如汉代的刘屈氂被宦官诬告而遭害一样；四、然而，李、郑的失败却是"自取"的，他们自己要负很大的责任。下面的"竟缘尊汉相，不早辨胡雏"两句，更巧妙地把对唐文宗的批评和对李、郑的鞭挞结合在一起。这两句是互文见义，并无肯定李训而仅否定郑注之意。① 用典之妙在于作者以汉相王商比李（兼及郑），并不否认李训的"形貌魁梧、神情洒落"以及他和郑注的"言论纵横"（《旧唐书·李训传》），又以胡雏石勒为比，指出了李训和郑注都怀有野心的特点。而"竟缘……不早……"句式所表露的倾向，则是对唐文宗糊涂昏庸作了委婉而明确的批评。这几句诗可以说是既尊重了事实，又寄寓了褒贬，使人感到作者的态度是严厉而又公允的。由于商隐利用了历史上已有定评的类似人物和事件来比拟李、郑和甘露之变，就使他得以用极少的文字表达出极曲折的意思来。仅此一点，也就说明诗中用典是有其积极意义，有其不得不用的理由的。

义山用典的方法很富于变化。有时是把需要申说的意思冠以或插入古人姓名，以促进联想，有时则把古事重新组织，用自己的语言加以表达。后者需要更深的功力。例如七律《曲江》的颈联"死忆华亭闻唳鹤，老忧王室泣铜驼"，包含着陆机临刑前叹"华亭鹤唳，岂可复闻"和索靖指洛阳宫门前铜驼谓"会见汝在荆棘中"两个历史故事，作者把它们组成对句，不但工稳熨帖，而且把天荒地变的"伤春"情绪和对国家危亡的不祥预感，

---

① 这种互文法又见于《梓州罢吟寄同舍》："君缘接座交珠履，我为分行近翠翘。"姚培谦曰："二句是互文法。"（《李义山诗集笺注》）

极其形象、生动而又富于暗示力地表现出来。

又如七律《楚宫》的颔联"枫树夜猿愁自断，女萝山鬼语相邀"，便是把屈原《九歌·山鬼》"若有人兮山之阿，被薜荔兮带女萝"和宋玉《招魂》"湛湛江水兮上有枫，目极千里兮伤春心"的诗意境界加以锤炼组织所形成，它使熟悉屈宋原作的读者立刻想到这两位楚国诗人的诗句，而即使一时不知道其中含有典故，仅从商隐诗的字面，同样可以直观地感受到诗中愁怨迷离的情调。用典而达到使人不觉察的地步，应该说是到了用典的化境了。而在义山却像得来全不费功夫似的。再比方他声讨叛镇的"鱼游沸鼎知无日，鸟覆危巢岂待风"（《行次昭应县道上送户部李郎中充昭义攻讨》），意思何等明了，譬喻何等确切，读者仅凭生活经验即可透彻地领悟这两个比喻，并确信它的真理性。可是，据冯浩的注释，这两句却都是有出典的①。

义山诗引典入诗常常会作出别出心裁的处置改造，这种既有一定历史依据，又经诗人想象推衍的用典手法，颇能加强诗意的深刻与隽永程度。如《北齐二首》的两个结尾："小怜玉体横陈夜，已报周师入晋阳"和"晋阳已陷休回顾，更请君王猎一

---

① "鱼游"句出《后汉书·刘陶传》和邱迟《与陈伯之书》，"鸟覆"句出《诗经》《周礼》，见冯浩《玉谿生诗集笺注》。

围"便是如此。前者一望便知是诗人把两件非常真实却并无直接
因果关系的事构成了一个句子，从而更加突出了北齐之亡于北周，
其根源实在于后主高纬之溺于淑妃冯小怜而置国事于不顾。后者
同样是写北齐之亡，主题同样，却又换了一个写法，这次不是"小
怜玉体横陈夜"，而是晋阳陷落的消息已经传来，小怜竟要求不
去管它，于是还是继续打猎！小怜的话其实是出于虚拟，而后主
高纬的荒淫误国和诗人的批判，就此突显在读者眼前。

有时李商隐诗的用典是浓缩了一则故事，其中包含着丰富
的情节。如《隋宫》"紫泉宫殿锁烟霞"一首，讽刺隋炀帝的
极度奢靡荒淫，其尾联云："地下若逢陈后主，岂宜重问《后庭
花》？"就是从《隋遗录》（即《大业拾遗记》）中所载的一个
民间传说而来。据说隋炀帝杨广在江都尝游览吴公宅鸡台，恍
惚与陈后主相遇。后主仍称他为"殿下"。帝见后主舞女中有
一人迥美，频频注目，原来正是后主宠妃张丽华，遂邀其舞《玉
树后庭花》。毕，后主问炀帝："龙舟之游乐乎？原以为殿下
致治在尧舜之上，今日如此逸游，当初又何必那样严厉谴责我
呢？"——原来，隋灭陈时，曾发露布宣示后主罪恶，当时身为
晋王的杨广（故后主称其"殿下"）率大军平陈，后主与张丽华
匿于井中被俘，后杨广还当面训斥过他。如今二人于地下相逢，

后主反唇相讥，炀帝为之语塞。忽寤，叱之，恍然不见。李商隐利用两个亡国之君在地下相见，隋炀帝遭陈后主挖苦的传说，深刻地揭示了他们奢靡败国终至灭亡的历史教训和一丘之貉的本质。而诗的口吻则是"地下若逢……岂宜……"，似乎很委婉，很为隋炀帝着想，其实却饱含揶揄讥刺。

所以，理解典故的第一道关口是找到"典源"，最初的难处也在这里。李商隐博学强记，不但熟悉经史诸子，而且广涉道书佛典和一切杂书，因此其用典来源广阔，更兼其吟诗作文有"獭祭"的习惯，因此更增加了读者追溯其"典源"的难度。像《街西池馆》的"太守三刀梦，将军一箭歌"，下句出典就至今尚未查明。而诸注家对《锦瑟》诗"沧海月明珠有泪，蓝田日暖玉生烟"二句之"典源"，也有多种答案，无从归于一是。

即使"典源"找到，并且没有什么歧解，也并不等于问题全部解决，更大的困难在于典实常有复义，究竟诗人用以入诗的是它的哪一点意思，往往颇费猜详而很难一言断定。

按符号学观点看，典故，特别是凝聚为一个短语的典故，其实也就是一种具有能指与所指的语言符号，因此一般语言符号能指与所指直接的矛盾差距在典故中也必然存在。在诗歌中一些极为单纯的词或概念（如山、水、花、月之类）由于作者、读者不同的意指作用，尚且可以引申出种种复杂的喻义和象征义，它们所指也可以非常宽泛多变。那么一位古人、一件古事、一段古语这样本身就具有复杂内涵的符号，在作者、读者双重意指作用的影响之下，其所指就会变得益发含混、隐晦、变化莫测起来。当然，对于典故含义的透彻理解，除了要查明其来源，尽可能弄清其本身包含的多种意义以外，还必须将它们放到全诗的结构和语境中去解释，去寻找它与其他语象以及全诗意蕴的统一点或沟通点。事实上，同一个典故，在不同的用法中，其意义是并不一样的。

李商隐在诗中用到南朝梁著名文人江总的典故，凡四次。那就是：一、《陈后宫》："夜来江令醉，别诏宿临春"；二、《南朝》："满宫学士皆颜色，江令当年只费才"；三、《对雪二首》："已随江令夸琼树，又入卢家妒玉堂"；四、《赠司勋杜十三员外》："前身应是梁江总，名总还曾字总持。"这四处虽用的是同一个古人的典故，即能指相同，但作为一个符号，它的所指在各诗中的具体含义和实际作用却并不一致，甚至截然相反。

江总，《陈书》《南史》有传，说他出身贵族，"笃学有辞采"、"于五言七言尤善，然伤于浮艳"。历仕梁、陈。在陈为尚书令，"后主之世，（江）总当权宰，不持政务，但日与后主游宴后庭，共陈暄、孔范、王瑳等十余人，当时谓之'狎客'。由是国政日颓，纲纪不立，有言之者，辄以罪斥之，君臣昏乱，以至于灭"[①]。因此，有关"江总"这个艺术符号的所指范围，至少有以下几个方面：位居人臣之首而不思治国理民；充当"狎客"与后主、宫嫔、诸学士终日游宴；对陈朝之亡负有严重责任；仕梁仕陈仕隋几度为亡国遗臣；诗才超群而所著多淫词媟语，等等。

在例一、例二中，江总正是被作为导致亡国之祸的佞臣的典型代表来使用的。这是这个历史人物作为诗歌常典的最一般的用法，诗人对他的谴责讽刺之意非常明显。

但在例三中，情况便不同了。"江令"仍然是指江总，"夸琼树"是指江总曾以"璧月夜夜满，琼树朝朝新"之句赞美陈宫张贵妃、孔贵妃之美色。这一点在例二中也曾提到："谁言琼树朝朝见，不及金莲步步来。"但诗人在两处的用意却有所不同。例二对此显含讽义，而例三却借江总浮艳无聊的狎客之词形容雪花之美（有的注家以为是象征、喻指其妻王氏），可见在这里诗人完全不以江总之"狎客"身份为嫌。这里对江总典语的运用

---

① 姚思廉《陈书·江总传》，中华书局，1972年版。

略带肯定意味，至少也可以认为是"中性"的。

而在例四中，江总竟成为一个被充分肯定的、值得赞美的历史人物而出现了。仅仅因为江总名总字总持，杜牧名牧字牧之这种文字形式上的偶然巧合，李商隐就把江总比作杜牧的"前身"——诗人运用了"江总"这个复杂符号所指中通常最不为人注意的方面，而舍弃了其他一切更重要的方面。有的注本认为这里有推重杜牧为江总一样富有文才之意，但江总之诗历来被认为格调甚低，倘从文才高超角度将杜牧与江总相比，就很难干净地排除作品格调低下，甚至近于"亡国之音"的联想，那么，褒贬之意就实在太含混不明了。从全诗看，义山对牧之的才气抱负评价很高，期望甚殷，因此他此处拿江总来比杜牧，恐怕仅仅是因为名字的巧合而不涉及文才问题，更不涉及江总这个人的其他方面和总体评价。应该说是这一联诗并无深意，不过是诙谐逗趣之意而略近文字游戏而已。^①

由此可见，文学典故一般都有约定俗成的基本意义，诗人运用大抵不会越出常轨，否则就要造成误会、歧解。但这又并不是

---

① 不过，杜牧对李商隐赠诗把自己与江总相提并论究竟感觉如何？我们不得而知。是否也会像我们这样理解，或竟有所不快？都很难说。笔者对此事的分析和推测，可参《李商隐与杜牧之比较》一文。

绝对的，诗人可以"师心自用"，舍其大端，取其偏胜，而通过语境、结构和必要的主观字眼来表明倾向。中国诗中的典故，属于符号学家苏珊·朗格所说的"艺术中使用的符号"之一种，它"是一种暗喻，一种包含着公开的或隐藏的真实意义的形象"[①]。含义丰富而形式雅丽的典故有助于诗歌整体的完成和审美价值的提高。按苏珊·朗格的说法，这种诗篇本身构成一个奇特的"艺术符号"，它是"一种终极的意象——一种非理性的和不可用言语表达的意象，一种诉诸于直接的知觉的意象，一种充满了情感、生命和富有个性的意象，一种诉诸于感觉的活的东西"（《同上》）。李商隐诗正是这样一种具有意象性、非推理性和不可言说性（或曰不尽言性）的艺术符号系统。这个系统的完成，典故的运用是起了积极作用的。

使用典故，在中国古代诗歌的发展史上，愈来愈成为创作的必要手段（所以凡纯用白描而能造胜景者，便不能不因为难得而获取更高评价），对于后世某些作者来说，简直到了除却典故不成诗的地步。这与中国历史、文化渊源深厚，遗产丰富有关，也与中国语言文字本身便于骈偶化的条件和在美文学的发展过

---

① 苏珊·朗格《艺术问题》，中国社会科学出版社，1983年版。

程中，骈偶形式的成熟有关，并且积淀下来成为中华古代文化的一大特色。典故，作为一种浓缩了的比喻和象征，被镶嵌于格律要求严谨的诗歌和骈文之中，而且能够达到李商隐这样的自如和巧变，愈益增加了中国语文令人倾倒的美感。

诗歌用典的技巧在李商隐手中达于极致，这也是义山对后世影响较大的一个方面。宋初西昆诸公对他亦步亦趋，使这个特点膨胀到令人讨厌的地步。江西诗人企图独辟蹊径，但实际上也难于挣脱义山的牢笼。就连曾经竭力反对用事、用典的朱弁在评论黄庭坚时也只好退一步说："西昆体句律太严，无自然态度。黄鲁直深悟此理，乃独用昆体功夫而造老杜浑成之地，……此禅家所谓更高一着也。"① 也就是说，作诗不妨用典，但要达到杜甫似的"浑成"才好。当然也有持反对意见的，如王若虚说："予谓用'昆体'功夫，必不能造老杜之浑全；而至老杜之地者，亦无事乎'昆体'工夫。"② 但是在诗歌中用典，客观上已成为我国传统诗歌形式中的一个要素，毕竟不是任何人凭主观好恶可以取消的事。比较公允的看法似乎是，如果用典有助于思想内容的深化和表达，如果所用典故不太僻涩而又用

---

① 朱弁《风月堂诗话》卷下，宝颜堂秘笈本。
② 王若虚《滹南诗话》，历代诗话续编本。

得自然妥帖，那么这也未始不是一种提高语言典雅程度的技巧。这里的关键其实是在于思想内容的价值和掌握好分寸。李商隐有的诗把公孙弘开东阁以接贤的典故压缩为"弘阁"，董仲舒下帷讲学的典故简括为"董帷"，写出"奋迹登弘阁，摧心对董帷"（《咏怀寄秘阁旧僚二十六韵》）这样的诗句，或者滥用"韩蝶""曹蝇""嵇鹤""荀龙""曹衣""班扇""楚醥"之类缩写的典故成语，作为语言游戏固无不可，但那并不能增添诗歌的意蕴，确乎有点离开诗歌用典的正道了。[1]

---

① 具体批评请参钱锺书《宋诗选注》，人民文学出版社，1979年版。

第十一章

诗歌韵律

——不用音符的乐曲

在中国古典诗歌中，调韵谐律，是诗人颇费苦心的一个方面。如果说诗人在语言的运用上，必须严格遵守某种规范，因为这种规范是全民族在长期共同生活中自然形成，因而对每个成员都具有约束力，那么，诗歌格律却是部分社会成员人为制定的。对于酷爱自我精神解放、以文学创作为寻求心灵自由之途的诗人来说，这种格律本在可守可不守之间。许多诗人，如李白、李贺、韩愈和他的险怪派诗友卢仝、马异等，就是如此。可是李商隐似乎不同。他的宗旨是在规律中求变化，在限制中找自由。义山对诗歌声韵美的追求是执著的。他的诗歌在字、词的组合，句式的变化，双声叠韵字的采用，韵脚的选择等方面均极考究；律绝二体，尤其是七言律诗，到他手上确已达到集大成而炉火纯青的地步，使人读来有铿锵和谐、美不胜收之感。笔者曾据李商隐主观化特征而将其比拟为音乐，其实义山诗声韵之美所达高度，也足使它们无愧于音乐的雅称。只不过它们不用乐符而用文字来表达而已。下面试从几个方面加以论析。

叠字的运用在义山诗中相当突出。如写秋菊："暗暗淡淡紫，融融冶冶黄。"（《菊》）写冬梅："匝路亭亭艳，非时裛裛香。"（《十一月中旬至扶风界见梅花》）写小雨："摵摵度瓜园，依依傍水轩。"（《雨》）写春柳："漠漠轻黄惹嫩条。"（《柳》）均用叠字来帮助刻画对象的形貌气质。又如《吴宫》："龙槛沉沉水殿清"，用"沉沉"以突出吴王的淫昏。《嫦娥》："碧海青天夜夜心"，用"夜夜"强调嫦娥的孤寂和悔恨。《曲池》："张盖欲判江滟滟，回头更望柳丝丝"，连用两对叠字渲染依依惜别之情。这些叠字都有助于诗意的表达。有时咏同一事物，因心境不同，所以词汇也随之不同。如写水，心绪焦躁时是"伊水溅溅相背流"（《十字水期韦潘侍御同年不至时韦寓居水次故郭汾宁宅》），而心情恬静时又成了"秋水悠悠浸野扉"（《访隐者不遇成二绝》之一），更显出作者选用叠字时的细心。

　　双声叠韵是汉语词汇的特殊优点之一，用于诗中有助于音韵的谐和和表情达意的细腻深入。商隐诗中例子极多。双声词如嶙峋、迢递、辗转、零落、皎洁、差池，叠韵如崔嵬、烂漫、嵯峨、淅沥、离披、飘摇等，皆屡见不鲜。有时商隐将双声叠韵词在对偶句中错综运用，更使这些句子读来铿锵悦耳，韵味深长。如"云路招邀回彩凤，天河迢递笑牵牛"（《韩同年新居饯韩西迎家室戏赠》）、"舞蝶殷勤收落蕊，有人惆怅卧遥帷"（《回中牡丹为雨所败二首》其一），皆以叠韵对双声，从词意到声音均形成对比，遂收相反相成之效果。"远路应悲春畹晚，残宵犹得梦依稀"（《春雨》），前后均用叠韵，迟缓舒徐的声调，使失望低沉的情味愈益浓重。最妙的是"悠扬归梦惟灯见，濩落生涯独酒知"一联（《七月二十九日崇让宅宴作》），以平声的双声词"悠扬"状游子思乡梦之绵邈，以入声的叠韵词（濩、落属十药韵）状寒士落魄之凄楚。"悠扬""濩落"不但平仄相对，且以双声叠韵为对，在表现形式上达到贴切工巧、抑扬有致的美妙境地。

　　在韵律和谐的基础上，商隐又重视律诗句式的变化。五言诗一般为二、三句型。而商隐故作三、二式。如：

莲后红——何患，梅先白——莫夸

（《朱槿花二首》其一）

固有楼——堪倚，能无酒——可倾。　（《思归》）

又作一、四式。如：

花——犹曾敛夕，酒——竟不知寒。　（《北楼》）

莺——能歌子夜，蝶——解舞宫娥。　（《俳谐》）

秋——应为红叶，雨——不厌青苔。　（《寄裴衡》）

或四、一式：

烟带龙潭——白，霞分鸟道——红。　（《访秋》）

万里飘流——远，三年问讯——迟。

（《五月六日夜忆往岁秋与澈师同宿》）

　　七言律诗的典型句型是二、二、三，前文所举诸例多是如此。但商隐诗中也不乏变例。如：

　　　　一名——我——漫居先甲，千骑——君——翻在上头。

　　　　　　　　　　　　　　（《韩同年新居饯韩西迎家室戏赠》）

　　是二、一、四句型。

　　　　迎忧——急鼓疏钟——断，分隔——休灯灭烛——时。

　　　　　　　　　　　　　　　　　　　　　　　　　（《曲池》）

　　　　梅花——大庾岭头——发，柳絮——章台街里——飞。

　　　　　　　　　　　　　　　　　　　　　　　（《对雪二首》）

　　是二、四、一的句型。

　　　　碧鹦鹉——对——红蔷薇。　　　　　　　（《日射》）

胡马嘶——和——榆塞笛，楚猿吟——杂——橘村砧。

（《宿晋昌亭闻惊禽》）

萼绿华——来无定所，杜兰香——去未移时。

（《重过圣女祠》）

窦融表——已来关右，陶侃军——宜次石头。

（《重有感》）

又是三、一、三和三、四的句型。

句型的变化使诗篇读来微拗而顿挫，还避免了韵律的单调而带上了不同常态的音韵美。此外，商隐集中还有"律诗而无对偶，古诗而叶今调"（朱彝尊语）之一体，那就是《七月二十八日夜与王郑二秀才听雨后梦作》。商隐作此尝试，表明他在诗歌形式技巧上既勇于探索，又得心应手。

商隐诗在形式上还有一个特点，即极喜在一句中重复一字以造成意义对照演进，音调回环往复的艺术效果。这方法有时用于单句，如：

莫遣佳期更后期。　　　　　　　　　（《一片》）

犀辟尘埃玉辟寒。　　　　　　　（《碧城三首》之一）

碧云东去雨云西。

　　　　　　（《雨中长乐水馆送赵十五滂不及》）

不是花迷客自迷。　　　　　　（《饮席戏赠同舍》）

送到咸阳见夕阳。　（《赴职梓潼留别畏之员外同年》）

蝶衔花蕊蜂衔粉。　　　　　　　　（《春日》）

地险悠悠天险长。　　　　　　　　（《南朝》）

有时用于联句，则效果更佳。如：

一夕南风一叶危，荆云回望夏云时。（《荆门西下》）

座中醉客延醒客，江上晴云杂雨云。

（《杜工部蜀中离席》）

池光不定花光乱，日气初涵露气乾。（《当句有对》）

纵使有花兼有月，可堪无酒又无人。

（《春日寄怀》）

玉垒高桐拂玉绳，上含非雾下含冰。　　（《蜀桐》）

这种遣字造句，调韵谐律之法，并非义山所创，在前人诗中也曾屡见不鲜，如杜甫《白帝》："戎马不如归马逸，千家今有百家存！"《闻官军收河南河北》："即从巴峡穿巫峡，便向襄阳下洛阳。"《曲江对酒》："桃花细逐杨花落，黄鸟时兼白鸟飞。"但经过义山的多方实践，对后来产生了更大影响。所以钱锺书先生说："此体创于少陵，而名定于义山。"[1] 李商隐在这里显示了技巧，但又并非卖弄技巧。因为这种连绵重叠、袅袅不绝的声韵美，正是与作者凄凉悱恻、绵绵不尽的深情相适应，因而是发自作者肺腑的声音，是和整个诗风极其和谐地统一着的。

① 钱锺书《谈艺录》（增订本），中华书局，1984 年版，第 11 页。

擅长于诗中插用虚字，以起转折、承接和显示主观意向的作用，是李商隐诗语言的又一重要特点，而且对后世影响很大。例如著名的《隋宫》诗，其颔联云："玉玺不缘归日角，锦帆应是到天涯。""不缘"——倘若不是因为，"应是"——想必会，两个虚词把作者假定、设想、推论而实含深刻讥刺和借古警今的用意表现得何等巧妙而精炼。这样的例子举不胜举：

断雁高仍急，寒溪晓更清。
昔年尝聚盗，此日颇分兵。　　　　　　（《淮阳路》）

已断燕鸿初起势，更惊骚客后归魂。（《赠刘司户蕡》）

黄叶仍风雨，青楼自管弦。　　　　　　（《风雨》）

已悲节物同寒雁，忍委芳心与暮蝉。　　（《野菊》）

这里虚词的运用均由锤炼所得，充分显示了诗人的语言功力。义山诗中甚至有全联用虚词者，如《临发崇让宅紫薇》的颔联："不先摇落应为有，已欲别离休更开。"王汝弼、聂石樵评曰："两句十四字，全用虚词，已开宋体，具见我国诗歌发展前后的递嬗关系。"[1]是很有见地的。

无论是句中全用实词（甚至是只用名物之词），把暗示各意象间关系的连词全部省略，或者是句中全用虚词，把议论感慨的成分增强到最大程度，都是中国古典诗歌语言艺术的精微深妙之处。前者如李商隐同时代人温庭筠的"鸡声茅店月，人迹板桥霜"（《商山早行》）和元人马致远的小令"枯藤老树昏鸦，小桥流水人家"（《天净沙》）是众所周知的著名例子。李商隐诗中也偶有所见，如"密帐真珠络，温帏翡翠装。"（《效徐陵体赠更衣》）。至于后者，宋人固然用力最勤，而李商隐则实开风气于前。虽然严格说来，或跟那些有关国计民生的大事相比，诗词的锤字炼句乃至于吟诗填词这件事本身都不过是文人的"雕虫小技"，但对于一个历史悠久的文明古国来说，语言艺术的高度发达却是它的人民智慧卓越、创造力强大和文化积累丰厚的重要标志，并且构成了它全部文明和文化传统的重要一翼。从这个意义上说，语言艺术与一切物质文明、精神文明的产品一样，都是一个国家、一个民族的宝贵财产，绝不应该被轻视小觑。而李商隐在创造汉语的文字美与音韵美，从而促使汉语本身的美

---

① 王汝弼、聂石樵《玉谿生诗醇》，齐鲁书社，1987年版。

化方面，确实作出了杰出贡献。即使同从屈原到曹雪芹等一系列古代语言巨匠相比，也是独具特色而并不逊色的。

上面，我们从几个角度论析了李商隐诗歌的风格特征。现在倘若试用一句简单的话来概括义山诗风，我以为似可这样表述：李商隐诗歌的基本特征是：愤懑不平的思想感情同秾艳绮丽、朦胧曲折的表现形式之间有机的、和谐的统一。这是晚唐时代的社会不景气和知识分子无出路所造成的浓重感伤情绪在艺术上的典型反映。这里既有义山的个性，是他独特的生命存在方式的体现，同时又带着晚唐知识分子的共性。

需要指出的是，哀婉凄厉、愤懑不平的思想感情和秾艳绮丽的、朦胧曲折的表现形式，以及前面所论述的几个方面的特点，如果分开来看，许多晚唐诗人的作品中都有。胡震亨说："晚唐诗人集，多是未第前诗，其中非自叙无援之苦，即訾他人成事之由。名场中钻营恶态、忮懥俗情，一一无不写尽。"[1]洪迈曾举出晚唐吴融、徐夤、黄滔诸人，说他们"作律赋，多以古事为题，寓悲伤之旨"[2]。虽然指赋体文学而言，但其实诗歌也是如

---

① 胡震亨《唐音癸签》卷二六，古典文学出版社，1957 年版。

② 洪迈《容斋随笔》卷七，上海古籍出版社，1978 年版。

此。《唐摭言》《唐语林》《唐诗纪事》等书都记载了不少困顿名场的晚唐士子的创作情况。如费冠卿，元和二年登第，乡居十五年，诗有"茕独不为苦，求名始辛酸。上国无交亲，请谒多少难！九月风到面，羞汗成冰片。求名俟公道，名与公道远"之句①。如刘得仁，虽为某贵主之子，但出入举场三十年卒无成，有诗感叹道："外家虽是帝，当路且无亲。""外族帝王是，中朝亲故稀。"②又如滕倪赴试前曾有诗云："秋初江上别旌旗，故国无家泪欲垂。千里未知投足处，前程便是听猿时。误攻文字身空老，却返渔樵计已迟。羽翼雕零飞不得，丹霄无路接差池。"③结果卒于旅途，闻者莫不伤悼。他的死当然并非诗谶的应验，但他的诗中确实饱含着屡试不第的辛酸与绝望之感。这样的例子在晚唐真是举不胜举。他们的作品，情调悲苦，与义山大致相似。可是他们缺少义山诗的文采，一般都表达得直白无遗，显得比较枯窘干涩。另有一些诗人，在声韵、对偶、词藻、典实、用韵、设色诸方面用功很深，但总的来说思想内容比较贫瘠，感慨不深，兴寄更浅。如许浑、赵嘏、周繇、段成式、韦蟾、温庭皓、

---

① 计有功《唐诗纪事》卷六十，上海古籍出版社，1965年版。
② 王定保《唐摭言》卷十，丛书集成本。
③ 计有功《唐诗纪事》卷六十，上海古籍出版社，1965年版。

崔橹等。能够把两者结合得比较完美，能够借助于优美华丽的形式以曲传愤懑感伤之情，达到思想性与艺术性高度统一，特别是在艺术上形成一套迥异于他人的表现程序而起到开宗立派作用的，在晚唐要推李商隐为第一人，能够与他并肩的，不过杜牧、温庭筠二人而已。

李商隐诗的独特风格不但体现在其作品内容、形式的个别要素之中，更主要的是体现在这些要素综合的特点和完美程度之上。他与别的诗人不同的超卓之处，也要从整体，从这些特点的总和去看，才能看得比较清楚。王若虚《滹南诗话》曾引其舅氏周德卿语曰："人才之不同，如其面焉，耳目鼻口相去亦无几矣，然谛视之，未有不差殊者。"[①]胡震亨《唐音癸签》论诗法，谈到五七言诗的变化，也说："只此五七字叠成句，万变无穷，如人面只眼耳口鼻四尔，不知如何位置来无一相肖者。"[②]这句话移来讲风格也很合适。就形成诗歌作品风格特征的诸种要素而言，每个作家之间会有不少共同点，犹如人的面孔总要有眼、耳、口、鼻一样。但是，同是眼、耳、口、鼻，每个人都或多或少与他人不一样。即使某一部位与他人酷肖，但其他部分

---

① 王若虚《滹南诗话》卷上，历代诗话续编本。
② 胡震亨《唐音癸签》卷四，古典文学出版社，1957 年版。

的差异也足以使他与别人分开，眼、耳、口、鼻尽皆酷似的两人是不存在的。再退一步，即使四者分开来看一模一样，但合在一起，由于搭配的位置，亦即结构的差异，就仍然不可能绝对地相像。正因如此，这些大同小异的器官才能搭配出亿万张长相不同的面孔来，风格要素的某些相同并不妨碍作家们运用多种方法去创造自己的独特风格。英国人兰恩·库珀说："个人风格是当我们从作家身上剥去所有那些并不属于他本人的东西，所有那些为他和别人所共有的东西之后，所获得的剩余或内核。"①这话固然说得很深刻，但也不能绝对化。特别是不能机械、简单地去"剥"，而忽略作品的内在气质及各要素结合的特点。

我们从题材、技巧、诗艺的视角在李商隐诗歌的范围里作了一番游览观赏，对玉谿诗风有了一个大体的印象和概念。至此，有两个问题还要简短地说明一下：

第一，我们的论析比较注重玉谿诗的基本风格，但并不等于玉谿诗只有一种风格。一个优秀的成熟的作家，其创作个性总是丰富的。同一支笔，有时会写出风格差距很大甚至截然不

---

① 语出兰恩·库珀英译德国威克纳格《诗学·修辞学·风格论》之注释，见王元化译《文学风格论》，上海译文出版社，1982年版。

同的作品来。擅长悠闲纯朴的田园诗的陶渊明曾写过情词秾艳而被指责为"白璧微瑕"的《闲情赋》，一向以沉郁顿挫著称的杜甫笔下也有或奔放或诙谐的诗作出现。李商隐也是如此。他的大部分作品具有上述那种基本风格，但也有一些不能简单归入其中。例如《行次西郊作一百韵》是他的一篇重要作品，可是论风格却与上述基本风格有所不同，而是可以明显地看到杜甫《北征》诗影响的痕迹，甚至在质实古朴的程度上还有所超过。又如《寄恼韩同年二首（时韩住萧洞）》的戏谑，《骄儿诗》前半的轻灵，《饮席代官妓赠两从事》的佻薄，都与李商隐诗歌的基本风格有所不同。义山集中现存不少有意模仿前人风格的作品，如《韩碑》之仿韩愈，《海上谣》《无愁果有愁曲北齐歌》《射鱼曲》等篇摹李贺等，就都鲜明地带上了所学对象的某些特色而有异于他本人的基本风格。不过，就是这一类作品也并不是就完全没有李商隐个人的特点了。一个作家具备多种风格的原因是多方面的。有主观方面，也有客观方面的原因，用德国文艺理论家威廉·威克纳格的话说："风格是语言的表现形态，一部分被表现者的心理特征所决定，一部分则被表现的内容和意图所决定"[1]明智而多才的作者既要用自己的眼光看世界，并在

① 王元化译《文学风格论》，上海译文出版社，1982年版。

作品中充分地表现自己，又总是使自己的表现方法与客观世界相适应，这样他们的风格就能同作品本身的内在意蕴相适应，而合成其风格的主、客观因素也才能够保持相对平衡，从而使作品自然地呈现出各式各样的态势来。除此以外，创作灵感和创作心态起伏变化的偶然性给予作品风格多样化的影响也是巨大的。

第二，诗风的形成是一个渐进渐变的过程，基本定型之后，又还会有所发展变化。李商隐的诗风当然也不是成于一朝一夕的。义山诗基本风格的形成很明显地经过由模仿到独创的过程。义山集中题明"效××体"的诗，或虽未题明却显属模仿的诗，为数不少。他所模仿的对象有乐府、徐陵、齐梁、韩翃、杜甫、韩愈、李贺、沈亚之的作品等等。李商隐的独特风格正是建筑在广泛学习的基础之上。这种学习不是单纯照抄照搬，其中加进了自己的创造。而这种创作则又有一个从稚嫩到老练、由显至隐、由浅至深、由弱至强的过程，他的基本风格的某些因素，如主题思想上的哀怨伤感、表现手法上的婉转曲折、语言词藻的富艳多彩等，在他早年的创作中已经时露端倪。但那时他对于自己的风格还未进入自觉，这些零星的、个别的表现也尚未形成体系，因此在我们看来也就尚未成熟。而且由于入世不深，阅历有限，创作经验也不够丰富，所以他的哀愁还是比较浅而淡的，常常表现为瞻望前途时的不祥预感，有时则流露出相当强烈的激愤之情，与之适应，表现手法也不像后来那么隐晦曲折，所用语言也不太灰暗凄凉。然而随着政治上、生活上所受的苦难愈益深重，随着理想和抱负的逐渐破灭，他的伤感情绪愈来愈浓，而在诗歌中也就愈来愈多地宣泄出人生短暂、命运无常的悲感，甚至流露出宿命论和皈依宗教的意念。与此同时，其诗歌风格也就愈来愈凄厉而惨痛，渐由颓唐而颓废了。义山诗风的形成、发展和演化就是这样真实地映射着他内心世界、灵魂深处所发生的沧桑巨变。

　　长期以来，李商隐的诗歌受到人们的喜爱和重视，相比之下，他的文章就太受冷落了。其实，李商隐一生所写的文章，就数量看，远过于诗；就质量看，也自成一家，很有特色。樊南文和玉谿诗一样，是我们了解这位诗人的思想、气质、生平遭遇和艺术成就所不可或缺、不应偏废的一个重要方面。

　　李商隐大中元年（847）三十七岁时，编定《樊南甲集》，其自序的第一句话就是："樊南生（商隐自称）十六能著《才论》《圣论》，以古文出诸公间。"然而，《樊南甲集》二十卷，收文四百三十三篇，其中却全部都是四六（骈文），没有一篇是古文

（散文）。大中七年（853）商隐四十三岁时又编定《樊南乙集》，收入经过删汰的文章四百篇，同样全部是骈文。所以这两部书的名字，根据作者自序的意思，本来应该是《樊南四六甲集》和《樊南四六乙集》。

根据《新唐书·艺文志》，商隐除《樊南甲集》《樊南乙集》外，另有诗三卷，赋、文各一卷。推测起来，这一卷文里收的应该是四六以外的散体文章。宋人的两部书目《郡斋读书志》《直斋书录解题》著录商隐著作情况与《新唐书·艺文志》不同。在它们那里，文集成了八卷，除此以外"又有古赋及文共三卷"[①]或"《玉谿生集》三卷"[②]。而到了《宋史·艺文志》竟又多出"别集二十卷"。李商隐文集的数目由唐至宋逐步增加，不知究属何因，或许是后人搜求积累日益丰富的缘故吧。可惜自宋代以后，李商隐的文集逐渐散佚。我们今天看到的李商隐诗文集，均出于后人的掇拾搜辑，已很难窥见其本来面貌。

现存的李商隐文集，最早是由清代笺注玉谿生诗的朱鹤龄从《文苑英华》《唐文粹》诸书中辑得，分为五卷。后徐炯、徐树榖、冯浩诸人又加以补辑和笺注。冯浩的《樊南文集详注》

---

① 晁公武《郡斋读书志》。
② 陈振孙《直斋书录解题》。

（八卷）和他的《玉谿生诗集笺注》一样，是一部学术价值很高的力作。但冯浩生前没有看到《全唐文》。《全唐文》根据《永乐大典》收入的樊南文中有二百零三篇为冯氏《樊南文集详注》所无。钱振伦兄弟将它们辑出并作笺注，成《樊南文集补编》（十二卷）。因此我们目前所能看到的樊南文，就集中在冯、钱二氏的两部书中。这两部书均按体编次。统观全书，代人所作的四六是其主体。冯浩将书名改标为《樊南文集》，就是"以四六尚居十之八"的缘故。但这两部书既包括了清人所能搜集到的商隐全部遗文，自然也收入了一些原在《樊南四六甲集》《樊南四六乙集》以外的文章。这些文章主要是书启祭文和一些杂著，其中仍以四六为多。总之，在现存樊南文中，古文的分量很轻，大约只占总数的二十分之一。不过商隐古文数量虽少，却几乎篇篇可传。关于它们的特色和成就，我们将另行论析，这里着重谈谈商隐花费极大精力所从事的骈体文。

李商隐作文曾经历了一个由散入骈而最终以骈文为专业的变化过程。他在《樊南甲集·序》中回忆自己十六岁以古文出诸公间以后，紧接着写道："后联为郓相国（令狐楚）、华太守（崔戎）所怜，居门下时，敕定奏记，始通今体。"这便成为两《唐书》商隐本传记述他作文先古文后今体的根据。商隐作文重点由散入骈的变化是一个反映当时文坛动向的颇值得注意的现象。分析这种转变的原因和契机，我们对当时社会（主要是官场）风气，李商隐的生活道路和他的思想，都会获得一些新的认识。

首先，这种转变表明，在韩、柳大力提倡"文从字顺"、明白晓畅的古文，并在社会上发生巨大影响之后，骈文依然有不小的市场。既然官方文书如制诰敕文、表状启牒之类和许多应用文字，如碑铭、祭文、青词之属，绝大多数还是用四六写成，这种文体就自然会吸引广大文人的注意力。唐代开科取士，诗赋列在重点，这对一般学人精熟声律偶对、运典用事（这是作骈文的必要条件），促进很大。而如果作得好文章（主要是指四六），那就有可能受到不次拔擢，甚至成为"中禁词臣"，做到翰林学士、中书舍人乃至宰相这样的高官。从盛唐"燕许大手笔"到中唐陆贽、晚唐李德裕，许多身居高位的文职官员，都能写得一手好骈文，就是有力的证据。因此学习骈俪之文对于企图踏入仕途，并望飞黄腾达的莘莘学子来说，几乎是不可少的功课。除了这种社会原因和功利目的之外，四六文体本身固有的美感和独特的表现能力，也吸引着一些有才华和文学修养深湛的作家。连古文大师韩愈、柳宗元本人也并非绝不染指骈文。在韩氏古文中，骈词俪句亦不少见。尤其是柳宗元，所作骈文甚多，并得到人们很高评价。清人孙梅曾把先骈后散的柳宗元同先散后骈的李商隐加以比较，对他们"从入各有自，而始终成就，相反如此"的现象作了探讨研究，指出"盖子厚得昌黎遥为应和，而玉谿惟令狐为之亲炙，其遇合遭际自是不同；要之，天资学力固大有径庭矣"①。这就从主、客观两个方面探索了他们作文重点转变的原因。由此也可看出，所谓古文、今文并不是截然对立、无法调和的东西。

其次，应该看到，是李商隐的生活道路促使他变成一个以写作骈文为专业的人，而他所以走上这条生活道路又有着某种必然性。

大和三年（829）商隐十九岁，在洛阳以其所业文干谒当时的东都留守令狐楚，受到赏识。"楚以其少俊，深礼之，令与诸子游"，之后又"岁给资装，令随计上都"②。不仅如此，令狐楚还在骈文写作上给他以指导。在李商隐的写作由散入骈的变化过程中，结识令狐楚无疑是一个重要的转折点。同年十一月，令狐楚调任为天平军节度使，辟商隐为巡官，使随往郓州，为之掌书记。这是李商隐依人作幕的开端，也是他以写作四六文为专

---

① 孙梅《四六丛话》卷三十二。
② 《旧唐书·李商隐本传》。

业的开端。因为作为一个"掌书记"，其主要工作是为府主撰写公私应用的各种文件，而在当时，四六是这类文件的正格。商隐一生除极短暂的在中央（如秘书省、太学）或地方政府（如弘农县、周至县）任职以外，绝大部分时间都在充当幕僚，具体工作历来就是"掌书记"，即使有时有其他名义，如"节度判官"，主要工作仍是"记室"。由于文名甚著，就是在地方政府任职时，长官也总是用其所长，要他从事文字工作。如大中二年商隐任周至尉，京兆尹将其调回长安，令其假法曹参军之职而"专奏章"。李商隐终其一生都只是一个流落于各大衙门的文字秘书式的人物。写作骈文是他的职业，也是他赖以为生的手段，不妨说，李商隐是晚唐时代一个卖文为生（不过不是零篇地卖而是一次性地卖）的人。我们研究李商隐其人其诗其文，不可忽视他的这种客观社会地位。

需要说明的是，李商隐在青年时代踏入社会便结识令狐楚，正好令狐楚擅长今体奏章，又赏识他并给予多方提携，这些都有很大偶然性。但唐代文士为了顺利入仕而向达官贵人投诗献文以求青睐和荐引，却是一种常规和普遍现象。李商隐既想踏入仕途，就不能不有求于这个或那个大官，不能不同他们发生这样那样的联系。从这个意义上来说，他之结识令狐楚又带有相当的必然性；他为了致身通显终究要学会在官场中极有实用价值的骈文技巧，也绝非偶然。事实上他的骈文老师也不止令狐楚一个。曾对他讲贯学问、送他"习业南山"并邀其入幕的崔戎也是一个。可以说，即使没有令狐楚，李商隐也还是会走上这条既定的、为唐代士子难以挣脱的生活道路，还是会学好四六，把这种流行于官场的文体练习到纯熟地步的。

第三，商隐之所以下苦功钻研骈文，并非全然被动地由于外界客观原因，真正的动力还是蕴藏在他本人的思想深处。这动力就是李商隐致身通显以实现政治抱负的强烈渴望。

无疑地，在李商隐的这种渴望中包含着富贵利禄、荣宗耀祖的个人动机。但统观商隐一生，他的政治抱负中确有许多值得肯定的东西，而且这一面才是主要的。

李商隐的人生态度是积极入世的。他早年作的《圣论》《才论》业已佚失，但从现存的短论《断非圣人事》《让非贤人事》等文来看，他对"圣贤"问题颇有独见。在短论中，他对圣者"能断"、贤者"能让其天下"的传统观点提出异议，阐述了圣者之仁在于为后世除害，贤者应以天下为己任，遇事应当仁不让的论点，从中可以隐隐看出作者本人用世的雄心。因为他又曾说过："夫所谓道，岂古之所谓周公、孔子者独能邪？盖愚与周、孔俱身之耳！""呜呼，孔氏于道德仁义外有何物？百千万年，圣贤相随于涂中耳！"按他看来，人人可以得道，人人可以为周、孔，为圣贤。既然如此，那么他李商隐又为什么不可以"欲回天地"，不可以"虽乏许靖干时之材具，实怀殷浩当世之心机"①呢？

李商隐对自己的文学才能充满自信。他的理想具体来说是当一个御前词臣，以他的专长为封建王朝效劳。他初得令狐楚传授作文秘诀时，曾乐观地说："自蒙半夜传衣后，不羡王祥得佩刀。"（《谢书》）颇有衣朱紫如拾草芥的气势；屡屡失意之后又以"才调纵横"的任昉自比，更透露了此中消息。会昌年间，他送一个友人投笔从戎参加平泽潞之战，诗的末尾云："早勒勋庸燕石上，伫光纶綍汉廷中。"（《行次昭应县道上送户部李郎中充昭义攻讨》）既是对他人的祝愿，也可以说是道出了自己内心的秘密。《为度支卢侍郎贺毕学士启》虽是代卢弘止所写，但"昨暮绣衣，尚遣苍鹰出使；今辰彩笔，遂令丹凤衔书"这两句话所流露的对毕諴成为"中禁词臣"的艳羡，却实在是商隐的心声。

他的想法并非毫无现实根据，眼前就有绝好的榜样。他的

---

① 以上所引李商隐语，依次见《上崔华州书》《容州经略使元结文集后序》《献舍人彭成公启》。

恩师令狐楚年轻时因为能文而为德宗所知，到宪宗时便召为翰林学士，进中书舍人，还曾一度入相。至于进士及第之后，再经博学宏词或书判拔萃等科考试，然后循资晋升为知制诰、中书舍人的，更是比比皆是。

当然，李商隐由于缺少高贵的门第、族望和有力的奥援，所以他的希望是注定要落空的。他一生所写的大量骈文，在当时只是"为他人作嫁衣裳"。他花了大量精力去写这类文字，无疑是会挤掉他写作诗歌、散文的时间，这不论对他本人还是对唐代文学来说，都是一件憾事。

现存的樊南四六可以分为两个部分，其中百分之七十以上是商隐代人所作的公私文书，下剩不到百分之三十，才是商隐出于自己的需要所写。由于写作目的有异，它们的思想内容和表现手法也颇不相同，下面试分别论述之。

商隐代人所作的四六，以表状启牒为多。它们作为晚唐官场来往函件之一斑，作为商隐幕僚生涯的见证，具有一定的史料价值。例如我们可以从商隐代王茂元、郑亚起草的致牛僧孺、李宗闵、白敏中等人的启状中，了解到历来被划归敌对朋党的人物之间的微妙关系，更可以在参照史事的基础上排比这些文献以探索商隐平生行踪和宦迹。不过这些应是历史研究的范围，我们不拟涉及。

商隐代人所作表状，不少属于官样文章。比方崔戎、令狐楚、王茂元临终要他代草的遗表以及会昌改元，大赦天下，华州、陕州同时请商隐代作的贺表就是如此。这种文章在内容和形式上均有严格限制，又是奉命代人立言，因此作者表述思想、施展文才的余地并不宽广。但商隐却能够把文章写得典雅而得体，做到所谓"代人哀则哀，代人谀则谀"①，并且总是在谀词和哀词之中或之外，尽可能地加入某些谏诤与劝诫的内容。如两篇贺表，分别提到"延赏推恩，用以劝御灾捍患之士；减租退责，将以矜火耕水耨之人"（《为汝南公华州贺赦表》），"设科以招谏诤，宥过以务哀矜。已责既恤于三农，录勋无遗于十代"（《为京兆公陕州贺南郊赦表》）等，这些话虽然未必会发生什么实际作用，但借庆贺改元之机向统治者提出正刑赏、举贤能、恤黎民的希望，却显示了文章作者关心国计民生的一片苦心。在代令狐楚所作的遗表中，说道："自前年（指大和九年，835）夏秋以来，贬谴者至多，诛戮者不少。伏望普加鸿造，稍霁皇威。殁者昭洗以云雷，存者沾濡以雨露。"（《代彭阳公遗表》）这是对甘露之变前后朝政的混乱动荡提出了批评，希望唐文宗

① 王志坚《四六法海》卷五引陈明卿语，文渊阁四库全书本。

能采取措施稳定政局。在代王茂元所作的遗表中，则说到"伏愿时推明略，光阐睿图。内则收德裕、让夷、绅、铉之嘉谟，外则任彦佐、元逵、宰、沔之威力，廓清华夏，昭荐祖宗"（《代仆射濮阳公遗表》），这是建议唐武宗进一步信用李德裕等谋臣，加强将相团结，把平藩战争进行到底。这两份遗表所涉及的都是当时的大事。因为遗表是大臣死前献给朝廷的最后一份表章，是所谓"将尽之苦言"（《代彭阳公遗表》），有类于"尸谏"，所以不妨触及比较尖锐的政治问题，也不妨把话说得激切直率一些。

《为濮阳公与刘稹书》是李商隐代王茂元所写的一篇书信体的檄文，作于会昌三年（843）。当时平定叛镇刘稹的战争正在进行，王茂元以河阳节度使驻军怀州，与刘稹军对垒，曾有过激烈的交战。这封檄文也是当时的一种斗争武器。文章首先以长辈的口吻回忆刘稹父、祖辈的功勋，追叙自己与刘稹叔父、前昭义军节度使刘从谏的交谊，动之以情；其次批评刘稹在刘从谏死后秘不发丧，自任留后的妄为，责之以义；接着指出成德镇、魏博镇父死子继乃属特殊情况，泽潞镇与之不同，不可效仿之理；最后根据历史上正、反两面的榜样和现实力量的对比分析，得出叛乱必败的结论，于是晓之以利害，规劝他早日息兵归顺。由于作者取高屋建瓴、势如破竹之姿态，全文气势磅礴，具有震撼人心的力量。像以下一节：

> 傥尚淹归款，未整来轩，戎臣鼓勇以争先，天子赫斯而降怒。金玦一受，牙璋四驰。魏、卫压其东南，晋、赵出其西北。拔距投石者，数逾万计；科头戟手者，动以千群。兼驱扼虎之材官，仍率射雕之都督。感义则日月能驻，拗愤则沙石可吞。……老夫不佞，亦有志焉。愿驱敢死之徒，以从诸侯之末。下飞狐之口，入天井之关。巨浪难防，长飙易扇。此际必当惊地底之鼓角，骇楼上之梯冲。丧贝跻陵，飞走之期既绝；投戈散地，灰钉之望斯穷。自然麾下平生，尽忘旧爱；帐中亲信，即起他谋。辱先祖之神灵，为明时之戮笑。静言其渐，良以惊魂！ [①]

不但句奇语重，笔力雄健，而且行文酣畅，神完势足，一般人读来既有神采飞扬之感，而刘稹读来则当心惊胆颤、汗流浃背矣。这篇文章虽是代人所作，却在很大程度上反映了李商隐反

---

① 刘学锴、余恕诚《李商隐文编年校注》第二册，第650—651页，中华书局，2002年版。

对藩镇割据的政治立场。这时他因守母丧赋闲，正在为迁修家墓四处奔波，却屡屡遭到战火的威胁和阻隔，这就不能不使他从切身感受出发更加痛恨刘稹叛军。这是造成该檄文感情色彩强烈的一个重要原因。

同样是代人所作而表现了商隐政治倾向的另一篇重要文章是《太尉卫公会昌一品集序》。该序作于大中元年（847）。这时牛党垄断朝政，李德裕已被逐往洛阳闲居，地位岌岌可危。但是商隐受郑亚委托系统地研究了李德裕的文章之后，却对这位失势者给予很高评价，这篇序文实际上成为对李德裕平生事业的简要评述，被孙梅誉为"词沿唐季，气轶汉京"[①]。

《旧唐书·李商隐传》说他"博学强记，下笔不能自休，尤善为诔奠之辞"。祭文确是樊南四六中文学价值最高，也最能感人的部分。商隐所作祭文，有不少是代人所为，但写得最精彩而感人至深的，则是祭奠他的恩师令狐楚、岳丈王茂元以及亲属处士叔、姐姐、姐夫、连襟和小侄女寄寄的几篇。这些祭文在思想内容上的共同特色是在哀悼对方时，总是把自己的不幸遭际（所谓"樊南穷冻"），把自己在坎坷生涯中的哀愁和愤懑深深地糅合进去或寄托其中，从而使这些文章既是对死者的深切

---

① 孙梅《四六丛话》卷二十。

追悼，又有对社会现实的一定程度的反映，还有作者对自己身世的深沉感慨，也就使这些文章不致空洞浮泛，而具有较为丰富充实的思想内容，与诗的主观化异曲同工。例如祭令狐楚，便提到"天平之年"作者特受青睐，"将军樽旁，一人衣白"以及"人誉公怜，人谮公骂"的情景，一方面表达了他对死者的感激眷恋之情，另一方面又隐隐地反映出官场中相互猜忌攻谮的俗态。又如祭王茂元，回顾翁婿关系，便从"往在泾川，始受殊遇"写起，写到两人"忘名器于贵贱，去形迹于尊卑"的融洽情状，写到和王氏女儿结婚后"纮衣缟带，雅况或比于侨、吴；荆钗布裙，高义每符于梁、孟"的淡泊而和谐的生活，一直写到"昔公爱女，今愚病妻"的近况。这样写来，不但增加了对死者凭吊之情的深度，而且开拓了文章的境界，使它们从作者本人生活的变迁反映出那个可悲时代的某些方面。诸祭文中尤以《祭小侄女寄寄文》最为亲切有味。此文先述寄寄生前死后的凄凉和作者的悲痛："哀哉，尔生四年，方复本族，既复数月，奄然归无。于鞠育而未申，结悲伤而何极！……时吾赴调京下，移家关中，事故纷纭，光阴迁贸，寄瘗尔骨，五年于兹。白草枯荄，荒涂古陌。朝饥谁抱，夜渴谁怜？尔之栖栖，吾有罪矣！"接着说到此次迁葬"明知过礼"而不能不这样做的原因："自尔殁后，侄辈数人，竹马玉环，绣襜文褓，堂前阶下，日里风中，弄药争花，纷吾左右，独尔精诚不知何之。况吾别娶已来，胤绪未立。犹子之谊，倍切他人。念往抚存，五情空热！"原来商隐婚后长期无子，是把这个小侄女视同骨肉的。由她的死想到自己"胤绪未立"，岂不倍觉伤痛？祭文最后用慈父般的口吻对寄寄的骇魂稚魄说："荥水之上，坛山之侧，汝乃曾乃祖松槚森行，伯姑仲姑冢坟相接。汝来往于此，勿怖勿惊"，作者的一片柔肠和挚爱，简直可以催人泪下。这篇祭文虽用四六写成，但极少用典，读来自然流畅，与颜真卿《祭侄稿》、韩昌黎《祭十二郎文》可谓异曲而同工。

樊南祭奠之文与玉谿悼亡之诗（还有哭友人刘蕡、卢献卿等的诗篇）是李商隐诗文中感染力最强的部分。这些祭文能打动人，根本原因也同他的悼亡诗获得成功的道理一样。它们的风格同贯穿于其全部诗歌的感伤色彩，同其诗歌内容多层次、多寄托，表达重含蓄、重婉曲的特点，也是完全一致的。孙梅说："魏晋哀章，尤尊潘令；晚唐奠酹，最重樊南。潘情深，而文之绮密尤工；李文丽，而情之恻怆自见。"[①]文情恻怆是心境恻怆的反映，而心境恻怆则是遭际坎壈的产物。李商隐踏入社会后所遭到的种种不幸，是他的诗文"善哀诔"、"能感人"的

① 孙梅《四六丛话》卷二十五。

真正基础。

可能是为了提高思想深度或为了使行文富于变化，李商隐有些祭文打破陈套，开篇即以大段散行的议论领起，例如《重祭外舅司徒公（王茂元）文》："呜呼哀哉！人之生也，变而往邪？人之逝也，变而来邪？冥寞之间，杳忽之内，虚变而有气，气变而有形，形变而有生。今将归生于形，归形于气，漠然其不识，浩然其无端，则虽有忧喜悲欢，而亦勿用于其间矣。"又如《祭徐姊夫文》："以君之文学，以君之政术，幼以自立，老而不倦，亦可以为君子人矣。"这种写法有助于突出作者悲恸的原因和增加文章的气势。

书启信札在樊南四六中占有相当的分量。商隐出于自己的需要所写的骈文，除祭文外，便以此类为多。它们的内容，有一部分与代人起草的书启一样，主要是向受信人致谢或陈情。比如，被冯浩称为"全力以赴"的《为李贻孙上李相公（德裕）启》和《为张周封上杨相公（嗣复）启》等，主旨即是"仰望"权势者的"恩顾"；而他的《上令狐相公（楚）状》（共七篇）、《上汉南卢尚书（简辞）状》、《上度支卢侍郎（弘止）状》等文的内容也基本上是如此。这些文章由于内容的限制，今天读来自然不免有格卑气弱之感，但如考虑到当时现实条件的限制，而不苛求于商隐的话，那么前人对于它们的评价："密致以清圆""气焰虽短，熨帖自平"①等等，还是相当贴切的。而且其中有些篇章写于早年，虽然目的在于求取"怜察"，但行文造语犹不失豪迈英爽之气，如《上令狐相公状》的第一首："某才乏出群，类非拔俗。攻文当就傅之岁，识谢奇童；献赋近加冠之年，号非才子。徒以四丈东平，方将尊隗，是许依刘，每水槛花朝，菊亭雪夜，篇什率征于继和，杯觞曲赐其尽欢；委曲款言，绸缪顾遇。自叨从岁贡，求试春官，前达开怀，后来慕义，不有所自，安得及兹？然犹摧颓不迁，拔刺未化，仰尘裁鉴，有负吹嘘。倘蒙识以如愚，知其不佞，俾之乐道，使得讳穷。则必当刷理羽毛，远谢鸡乌之列；脱遗鳞鬣，高辞鳣鲔之群。逶迤波涛，冲唳霄汉！"几乎可以说是一篇带有晚唐时代特征的骈体的《与韩荆州书》。

商隐书信的内容是多方面的。有的通过谈诗阐述文艺观点，如说"人禀五行之秀，备七情之动，必有咏叹以通性灵，……刺时、见志，各有取焉"（《献相国京兆公启》），这是他对诗歌创作原动力的一种说明，比较强调作者的主观情志的作用，同他"属词之工，言志为最"（《献侍郎巨鹿公启》）的观点显然密切相关。他又评论唐代诗坛，说："我朝以来，此道（指诗歌创

---

① 孙梅《四六丛话》卷十四、高步瀛《唐宋文举要》"乙编"卷三引蒋心餘语。

作）尤盛，皆陷于偏巧，罕或兼材。枕石漱流，则尚于枯槁寂寞之句；攀鳞附翼，则先于骄奢艳佚之篇。推李、杜则怨刺居多，效沈、宋则绮靡为甚。至于秉无私之刀尺，立莫测之门墙，自非托于降神，安可定夫众制？"（同上）从他的批评可以看出他的追求，也有助于对商隐诗风的理解和说明。在绮靡艳丽的形式中包含着怨刺感慨的内容，竭力避免"偏巧"而成为"兼材"，不正是李商隐诗歌创作的重要特色吗？有的书信劝告对方切勿弃官学道，既反映了唐时隐居之不易，也表明了他在根本上是不信道教的。有的书信却请求对方为其所抄佛经作记，表现出对佛教的浓厚兴趣和晚年思想的渐趋消沉。还有一封著名的《上河东公启》，陈述丧妻的哀痛，拒绝续弦的建议，感情深沉绵邈，措辞委婉得体，无疑堪称佳作，也是研读他的悼亡诗乃至了解其恋爱观、人生观必不可少的参考资料。

如上所述，樊南四六虽然许多都是代笔文字，但从中却不时透露出李商隐本人的政治观点。拿这些文章同他的诗歌如《行次西郊作一百韵》《有感二首》《重有感》《漫成五章》《李卫公》《旧将军》等参照比较，就会发现二者有不少相通或一致之处，可以相互补充或印证。至于他出于自己的需要所作的文章，由于和他本人的经历遭际关系密切，由于更真实具体地反映了他的思想感情，而且文章风格也与其诗歌风格更为谐应合拍，自然就更加有助于我们借以了解其人其诗。

历代反对骈俪文体的人，常常批评骈文徒为华靡，不切实用。有意思的是，樊南四六恰恰都是些应用文字，都是为一个个很现实、很具体的目的所写，且在当时曾经发生了实际效用的。不过，樊南四六不同于一般事过境迁即被人遗忘的应用文字，由于作者的刻意经营，它们当中不少篇章超越了一般交往工具的性质，因达到很高的艺术水平而成为具有一定美学价值的文学作品，故在失去时效价值后，仍可供人们长久地鉴赏和把玩。唐末的李涪批评商隐诗文，曾下过"无一言经国，无纤意奖善"这样严厉的考语，然而他也不能不肯定商隐作品"纤巧万状""词藻奇丽"的形式之美[①]。有人拿樊南四六与同时其他人的作品比较，认为他远比声名相埒的段成式、温庭筠的文章为好；有人甚至认为它超过了老师令狐楚久负盛名的"彭阳章檄"。元代白珽曾说："唐有文选学，故一时文人多宗尚之。……少陵诗多用选语，但善融化不觉耳。至如王勃诸人便不然。……能拔足流俗，自成一家，韩、柳、李义山、李翱数公而已。"[②] 这里虽兼诗文而

[①] 李涪《刊误·释怪》，见《左氏百川学海》甲集。

[②] 《湛渊静语》卷二，见丁氏嘉惠堂《武林往哲遗著》。

言，但看他将义山与韩、柳，特别是李翱并举，似乎还是以文为主的。《四库简明目录》指出"李商隐骈偶之文婉约雅饬，于唐人为别格"。这评价与白珽所言"拔足流俗，自成一家"就颇吻合。商隐骈文几至被宋初西昆体作者奉为圭臬，直到欧阳修、苏轼等人高唱古文，并以古文气格运之于四六之中，情况才发生变化。经过两宋的发展，至元、明骈文呈衰颓之势，但到清代，又涌现出一大批作者，遂有骈文之中兴。李商隐在清代的骈文家心目中地位崇高。袁枚作《胡稚威骈体文序》赞美胡的作品，说："吾谓稚威之文，虽偶实奇。何也？本朝无偶之者也：迦陵（陈维崧）、绮园（吴绮）非其偶也。今人不足取，于古人偶之者玉谿生而止耳。"[①] 可见樊南四六是袁枚心目中很高的标准。至于孙梅的话就说得更满了："惟樊南甲乙则今体之金绳，章奏之玉律也。循讽终篇，其声切无一字之聱屈，其抽对无一语之偏枯，才敛而不肆，体超而不空，学者舍是何从入乎？"[②] 如果说这里未免有骈文家的偏爱，那么作为一位马克思主义史学家，范文澜同志对樊南四六的评价也够高的："四六文如果作为一种不切实用，但形式美丽不妨当做艺术品予以保存的话，李商隐的四六

---

① 袁枚《胡稚威骈体文序》，见《小仓山房文集》卷十一。
② 《四六丛话》卷三十二。

文是唯一值得保存的。"[1]

四六文在形式上的基本要求，一是隶事，二是骈语。这两条，樊南四六都认真恪守着。而在我们看来，樊南四六中较好作品的真正优点，是在于通过某些修辞手法的适当运用，使文章不但具有一般的词章之美，而且增强了形象性和含蓄性，从而超越一般应用文的水平而进入艺术的境界。这些文章的文学价值主要就在这里。

所谓隶事运典，无非是借用古人、古事、古代语言资料来作叙述和议论今人今事的借代和譬喻，因为凡事都不直接说破，故能收到婉曲、蕴藉之效。这种修辞技巧，在我国古代语言文字中源远流长，传统悠久。记载春秋史事的《左传》《国语》中就有大量例证。从这两部书看，古代上层人物讲话颇喜引经据典。有一种说话者不直接讲出本意而借《诗》《书》中语以代言的情况，极类后世之运典用事。例如晋公子重耳出亡至秦，秦伯举行的宴会上宾主的答对，可以说是典型的例子：秦伯赋《采菽》（《诗·小雅》篇名），子馀（即赵衰，重耳随从）使公子降拜，秦伯降辞。子馀曰："君以天子之命服命重耳，重耳敢有安志，

---

[1]　范文澜《中国通史简编》（修订本）第三编第二册第七章第六节，人民出版社，1965年版。

敢不降拜？"成拜卒登。子馀使公子赋《黍苗》（《诗·小雅》篇名）。子馀曰："重耳之仰君也，若黍苗之仰阴雨也。……"秦伯赋"鸠飞"（《诗·小雅·小宛》首章），公子赋《河水》（逸诗），秦伯赋《六月》。子馀使公子降拜，秦伯降辞。子馀曰："君称所以佐天子、匡王国者以命重耳，重耳敢有惰心，敢不从德！"① 在这里，秦伯对重耳的勉励和祝愿，重耳的抱负和对秦伯的铭谢，都不是直言而是借《诗》语以婉曲言之的。不但在正式外交场合如此，就是臣下对君主或僚友之间讲话，也用这种方式。如《左传·成公九年》载季文子如宋致女，复命，成公享之，季文子先赋《韩奕》（《诗·大雅》篇名）之五章，又赋《绿衣》（《诗·邶风》篇名）之卒章，然后入。《左传·襄公十四年》载诸侯从晋伐秦，阻于泾水，晋大夫叔向去见鲁叔孙穆子，穆子赋《匏有苦叶》表示必济的决心。这些例子表明，用典实或古语来申说心意，早在春秋时代已在统治阶级特别是其上层人物中形成了习惯和风尚，并已成为文明和修养的标志。后世在言论、文章中隶事运典便是此种传统的继承和光大。

在樊南四六中，特别是那些代人起草的官样文章或外交辞

---

① 见《国语·晋语四》。并参《左传·僖公二十三年》。

令中，自然免不了用典。不能说它们不存在以文害意和语辞浮华、复沓晦涩的情况；但如说它们一无可取那也未免片面。有些典故并不深僻，作为一种比喻也还得当，颇有利于内容的陈述。如《为李贻孙上李相公启》赞扬李德裕力排众议，运筹帷幄，取得平泽潞之战的胜利，写道："是则陈曲逆之六奇，翻成屑屑；葛武侯之八阵，更觉区区。"虽然陈曲逆、葛武侯的说法略嫌生涩，但陈平、孔明的事迹毕竟是人所共知的，以之比喻李德裕的谋略与武功，便于读者有所参照比较，比空泛的形容要具体得多。同文又赞德裕文章之美："提枪于绝艺之场，班（固）、扬（雄）扫地；鞠旅于无前之敌，江（淹）、鲍（照）舆尸。"这种颇带夸张的假设和比喻，亦有助于文意的表达。《上尚书范阳公启》里"无文通半顷之田，乏元亮数间之屋"一联，颇可说明用典与增加文章形象、含蓄之美的关系。本来这两句话中去掉"文通""元亮"字样，意思同样明白。可是加上之后，便能令读者想起江淹的《与交友论隐书》"望在五亩之宅，半顷之田，鸟赴檐上，水匝阶下，则请从此隐"和陶潜的《归园田居》"方宅十余亩，草屋八九间"，使这两句话有限的字面所包含的内容变得丰富起来，作者诉说自己不能归隐、必须混迹官场的苦衷也就无需明言而尽在其中了。

　　大中元年（847）李商隐随桂管观察使郑亚赴桂林，在南下途中和上任以后代郑亚写过一系列表状，其中几乎都有誓将廉洁自守、勤谨治理之类的表态语，这些话如果取正面的表述方法，必然显得重复而乏味，可是善于隶事运典的李商隐却把同一个意思用多种方式加以表述：

　　（1）唯当务以躬亲，蠲其疾瘼，颁宣诏旨，谘禀庙谟，冀免尤违，庶可避辟。

（《为荥阳公上弘文崔相公状》）

　　（2）誓欲披拂仁风，祷祈膏雨。粗师遗爱，俯惠疲氓……至于酌泉投香之戒，饮冰食蘗之规，实惟素诚，改有贰事！

（《为荥阳公上仆射崔相公状》）

　　（3）唯当惠抚疲氓，智笼犷俗。则蒲卢之善养，冀桑椹以怀音。兼宏狱市之规，以奉岩廊之化。

（《为荥阳公上集贤韦相公状》）

　　（4）臣亦当求规水薤，取戒脂膏，冀少息于疲黎，庶免拘于司败。

（《为荣阳公桂州谢上表》）

（5）惟当恭守诏条，钦承庙算。宽其竭马，任其鞭羊。襦袴粗及于疲人，礼乐必资于君子。

（《为中丞荣阳公桂州上后上中书门下状》）

（6）惟当推诚虑物，洁己临人。畏杨震之四知，从士伯之三务。所冀粗攀方国，无失赋舆。然后宣布朝经，阐扬庙算。设学舍媒官之令，峻顽人罢女之科。

（《为荣阳公上史馆白相公状》）

（7）惟当仰承指训，俯事躬亲。合农功于国侨，思马志于文子。冀申毫发，用赎简书。至于生事沽名，迷方改务，实于他日，则已誓心。庶遵丙吉之规，稍励贾琮之志。

（《为荣阳公上门下李相公状》）

这里用到的古籍有《诗》《礼》《庄子》《文子》《列子》以及《左传》《史记》《汉书》和《后汉书》等，涉及的古人则从郑子产到西汉的曹参、董仲舒、丙吉，东汉的杨震、庞参、孔奋、廉范乃至晋代的吴隐之等。倘若不用这些古人、古事、古语，又怎能把一个简单的意思变化出如此多样的说法来？我们今天作文固无需如此獭祭，但对于李商隐的博闻强记还是不能不佩服，尤其是不能不为祖国历史和语言蕴藏之深厚富有而由衷自豪。

樊南四六中有不少骈句借助形象的描绘和抒情的讴吟创造出一种诗的意境，如"山中桂树，远愧于幽人；日暮柴车，莫追于傲吏"（《为张周封上杨相公启》）、"皓月圆时，树有何依之鹊；悲风起处，岩无不断之猿"（《为崔从事寄尚书彭城公启》）、"望兰台之秘邃，天上人间；附桂水之平生，一日千里"（《为荥阳公上仆射崔相公状》）等等，读者不必深究其中典故，仅从字面即能自然获得美感享受。从这些优美的文句，可以看到六朝徐、庾和唐初王勃等人骈文的影响，但樊南的清新秀逸又似有过之。这不但显示了义山高度的骈文技巧，而且表现了他的诗心和性灵。

意义相对，平仄谐调，读来朗朗上口的骈文是中国语文所独具的一种文体。它的出现标志着古代汉语的成熟，同时发展了汉语固有的美丽和典雅。当然，一味"编字不只，捶句皆双"，会造成"弥漫重沓，不知所裁"①的弊病，这种形式主义倾向必然遭人厌恶和批判。应该说，在樊南四六中并非不存在割裂成语或专名的不良现象，如前举《为濮阳公与刘稹书》中的"天子赫斯而降怒"割裂"王赫斯怒"（语出《诗经·大雅·皇矣》），称飞狐口、天井关为"飞狐之口"、"天井之关"等即有此弊。也有一些语义反复甚至叠床架屋的现象，但是也不乏由于用了对句而兼顾两面、词达义赅的好例。如他逊谢人家所给的润笔，便说："文词所得，妙非幼妇之碑；惠赉逾涯，数过贲园之帛"（《上李舍人状》），对受到的器重表示感激，则说："虽曾参不列于四科，昔尝为恨；而徐穉再升于上榻，今实为荣。"（《上郑州李舍人状》）又如他代郑亚申辩崔元藻所加的诬陷，一则曰："远差推事，既无所嘱求；近欲叫冤，岂遽能止遏！不知何怨，乃尔相穷？"（《为荥阳公上马侍郎启》）再则曰："戎幕宾筵，虽则深蒙奖拔；事踪画迹，实非曲有指挥。"（《为荥阳公与三司大理卢卿启》）三则曰："座主既不免于款中，杂端固无逃于笔下；乘时幸运，背惠加诬，既置对之莫由，岂自明之有望！"（同上）这样从本人、对方和以前共同的上司诸方面言来，

---

① 刘知几《史通·叙事》。

可谓"神理为用，事不孤立"，合于刘勰提倡的"反对为优"[①]的原则。

骈俪文体在社会生活日益复杂、变动迅速的时代，已经不宜采用。但作为文学遗产，作为汉语言文字之美的一个重要方面，还是有加以研究和总结的必要。而且世间事理每具双边二柄，一正一反排比言之能使表达更为全面、完美，因此在行文中适当用些骈语俪词不但无可厚非，有时还有好处。钱锺书先生"骈体文不必是而骈偶语未可非"[②]的观点，是通达合理的。而在这方面，樊南四六乃至徐陵、庾信的骈文都还可以为我们提供一些有益的经验教训。

结构主义语言学家把语言称为"牢房""囚笼"，因为任何语言都是一种具有独特结构规律的符号系统，人们使用它，就不能随心所欲而必须遵循一定的抽象规范，否则人各一套言语，就无法沟通思想、交流感情。这种观点可以运用到文学研究中来。文学作品其实也是按某种约定俗成的规范组织起来的符号系统。每一类文体都有其传统程式和格局。它要求作家们按一定规矩行事，创造性必须在一定规范的约束下发挥。骈文就是在中国

---

① 刘勰《文心雕龙·丽辞》。
② 钱锺书《管锥编》，第四册，中华书局，1979 年版。

文学史的发展过程中形成的一种程式精严的文体。它对文章中字、词的声音、韵律、词性，对句子的字数、句式，对篇章内容的隶事运典等等方面，都有一系列的要求。达不到这些要求，就不能算是骈文，至少不能算是合格的骈文。在所有的传统文学样式中，骈文和律诗，恐怕是规范、程式要求最多、最严的了，把它们比为文学语言的囚笼，倒真是比较恰当的。但是，我们看到李商隐却能从容不迫地悠游于这语言的囚笼之中。当他"獭祭"之时，也许并不轻松；但只看他的成品，却又似乎游刃有余，不由得我们不衷心佩服他掌握文体和运用语言的本领。李商隐的骈文，不是普通的舞蹈，而是戴着镣铐的舞蹈，它是难度更高而美学价值更为特殊的。

我们研究樊南文，除注意其本身的价值外，还应将它与李商隐其人及其全部作品联系起来考虑。如果注意到樊南四六和玉谿诗歌的关系，不难发现，以骈文手法入诗乃是玉谿生诗的一大特色。他的诗，律、绝特多。许多五言排律几乎就是句子整齐而有韵的骈文，尤以七律为佳。它们有思想，富感慨，深情绵邈，婉转蕴藉，运典用事已臻炉火纯青，音韵格律几至无瑕可摘。这同他为了做好四六而下的苦功，从熟读群书到亲手编录《金钥》《杂纂》等语言资料手册，以及长期的写作锻炼是绝对分不开的。

有人认为"世所谓笺题表启号为四六者，皆诗赋之苗裔也。故诗赋盛则刀笔盛，而其衰亦然"①，这或许不无道理。但具体到李商隐，却似乎应反言之：其所作诗歌，尤其是五、七言律绝，皆为其四六之苗裔，或深受其影响者，故欲深知其诗，非研究其四六莫办也。

研究樊南文又使我们深感李商隐的生活、思想和写作活动受到幕僚工作束缚之深。那些代人立言之文，处处受到限制，即使要在文字上略显个人风格，已非易事，更不用说在其中抒写性灵，倾吐议论，一任感情流泻和随意挥洒了。李商隐虽然精通骈文之术，但也不能不痛感此类文字中自己的声音是那样微弱而拘谨。这种职业不仅耗费了他大量精力，而且使他身心深感负担沉重。这是他所遭受的身心困厄之一部分。于是他就只能把内心的积郁和愤懑尽情地宣泄于诗歌之中。只有在诗中，他的情思才能和大自然契合为一，他才能披肝沥胆，心手相应。只有诗歌才是他自己的东西，从中才能听到他真正的心声。正如他在诗中象征性地流露出来的那样："身属中军少得归，木兰花尽失春期；偷随柳絮到城外，行过水西闻子规"（《三月十四流

---

① 王铚《四六话》，文渊阁四库全书本。

杯亭》）。越是反复地读李商隐诗，我们就越是感到只有在诗歌的想象天地之中，李商隐的心灵才享受到某种自由，而他的诗确也有着强烈的表现主观世界，表现作者心灵隐秘，突出地显示出"为自己心灵而歌唱"的倾向。樊南文和玉谿诗这种相反相成的性质，是很值得注意和玩味的。

第三辑

李商隐、杜牧、温庭筠是晚唐三大诗家，其中李商隐尤为重要。他与杜牧合称"李杜"，为与盛唐李杜（李白杜甫）相区别，又叫"小李杜"。这唐代诗人二李杜，可是声名赫赫天下闻啊。他与温庭筠又有"温李"的合称，也许这称呼里除诗名伯仲外，还有点别的意思，但主要的还是指他们的诗艺优异不分上下。

如果非要把他们比个高低，那么，从对后世的影响看，似乎李商隐要略胜一筹。

你看，晚唐过了，进入五代北宋，李商隐的名声和对诗坛的影响，显然要比温和杜更大更强一些。宋初出了个"西昆体"，代表人物有馆阁诗人杨亿、钱惟演、刘筠等，他们在当时地位颇高，名声很大，而他们都是李商隐的崇拜者，写起诗来，从制题、取材、选词、造句，特别是用典修辞，以及由此形成的艳丽奇瑰风格，方方面面都努力向李商隐学习，向李商隐靠拢，以致传说产生了这样一出笑剧：某次隆重的馆阁宴会，杨、钱、刘诸位都出席了。宴中，优伶出场助兴，主角特意穿着一身破烂衣衫，搭档故作好奇地问："阁下是何人呀？"主角有意大声回答："在下便是唐人李义山。""李——义——山？您就是大名鼎鼎的李义山？"搭档大声重复，以招引众人注意。等到众人眼光聚集到主角身上，"唐人李义山"便手拎破衣烂衫，指着杨、刘诸公，慢悠悠地说道："鄙人衣衫褴褛，实乃被诸位馆职挦扯割剥成这样的啊！"这就形象地比喻、讽刺了西昆诗人对李商隐作品的严重剽袭，几乎把义山诗割截剥掠得不成样子的情况——从另一个角度，则也可说是见到了商隐诗歌的巨大影响。（据刘攽《中山诗话》）

宋以后，直到近代，李商隐诗的影响继续延伸扩大，拙著《李商隐的心灵世界》曾有专章论述，这里不再多说。

今天想说的是近代以后，时至现代，李商隐对诗人的影响又怎么样呢？这方面可能还有深入研究的必要。

必须承认，李商隐对现代诗人的影响肯定是存在的。许多著名的现代诗人具有很好的古典文学修养，唐诗是他们自幼必读的，甚至是熟悉的。而最普及的《唐诗三百首》就选了不少李商隐诗，像五律《蝉》、五古《韩碑》、七律《无题》（相见时难别亦难）等。沈德潜的《唐诗别裁》所收就更多了。李商隐诗歌风姿绰约，优美耐读，他们既读了就不可能不在心灵和创作中留下这样那样的痕迹，发生正面负面的影响。不过，这只是笼统说说，若要对此作出具体说明和分析，却并不那么容易。

一个前代诗人对后人的影响，或反过来说，一个后辈诗人如何接受前人的影响，表现在何处，如何表现，情况往往很复杂，很微妙，有些是可意会而难以言传。要把这些问题讲清楚，并且讲得实在而不虚浮，有说服力而不牵强附会，并非易事。我们在这里谈论现代诗人戴望舒的创作与李商隐诗歌的关系，想发现戴望舒诗中的玉谿因子，应该说是一次相当冒险的尝试。以下所言，都是个人不成熟的看法，也许纯属谬见，聊作一夕闲话而已。

戴望舒（1905—1950）大概是现代诗人中最善于写爱情而又风格清绮秀丽的一位。如果说他的诗风会从根本上接近李商隐，应该是很自然很好理解的。我们谈李商隐对现代诗人的影响，把他作为首选对象，恐怕也是众望所归。

　　然而，若从诗歌字面上看，戴诗明显袭取义山的却并不多。我们看《戴望舒全集·诗歌卷》（王文彬、金石主编，中国青年出版社，1999）收录的101首创作诗歌中，只有《秋夜思》的结尾流露出较为明显的痕迹："而断裂的吴丝蜀桐，仅使人从弦柱间思忆年华。"这里，前一句来自李贺的《李凭箜篌引》，后一句则用了义山《锦瑟》的诗意。此诗在初发表时，后一句干脆就用"一弦一柱思华年"的义山原文。另外，如"园子里蝶褪了粉蜂褪了黄"（《微辞》首句），也容易让人想起李商隐的诗句"屏缘蝶留粉，窗油蜂印黄"（《赠子直花下》）和"何处拂胸资蝶粉，几时涂额藉蜂黄"（《酬崔八早梅有赠兼示之作》）。但像这样明显从义山诗句化出的例子，在戴诗中是很少的。

　　戴望舒也写过一些与义山同题或题目类似的诗，如《灯》《霜花》《偶成》《无题》之类，但这些诗的内容和诗意却与义山诗并没有什么关系。看来，要寻找戴望舒诗与李商隐诗的相关，不能仅从诗歌字句的表面着手，还应深入意象遴选和意境缔构的层次。

　　作为一个富于创造性的诗人，戴望舒向李商隐学习，但不会笨拙到或偷懒到套用词句、照抄诗面的地步。他的诗才足以使他做到灵活地摄取义山诗歌的精髓，利用义山诗的某些意象、境界、情趣、风调，结合自己的生活和感受，加上自己的发挥，熔铸出新鲜诗篇。发表于1928年，使他获得大名，成为诗坛新星的《雨巷》，就是一个好例。

撑着油纸伞，独自
彷徨在悠长，悠长
又寂寥的雨巷，
我希望逢着
一个丁香一样地
结着愁怨的姑娘。

她是有
丁香一样的颜色，
丁香一样的芬芳，
丁香一样的忧愁，
在雨中哀怨，
哀怨又彷徨。

她彷徨在这寂寥的雨巷，

撑着油纸伞

像我一样，

像我一样地

默默彳亍着

冷漠，凄清，又惆怅。

她静默地走近

走近，又投出

太息一般的眼光，

她飘过

像梦一般地，

像梦一般地凄婉迷茫。

像梦中飘过

一枝丁香地，

我身旁飘过这女郎；

她静默地远了，远了，

到了颓圮的篱墙，

走进这雨巷。

在雨的哀曲里，

消了她的颜色，

散了她的芬芳，

消散了，甚至她的

太息般的眼光，

丁香般的惆怅。

撑着油纸伞，独自

彷徨在悠长，悠长

又寂寥的雨巷，

我希望飘过

一个丁香一样地

结着愁怨的姑娘。

　　《雨巷》刻画了阴冷的绵绵细雨，刻画了悠长寂寥的雨巷，更刻画了一个满心哀怨惆怅彷徨、撑着油纸伞像梦一般飘过的姑娘，同时也刻画了一个与姑娘心意相通却无缘交往，因而在永远盼望着的"我"。这首诗最重要的意象是"丁香"。诗人巧妙地把这个姑娘比作散发着幽香的丁香花，使她与丁香融为一体，无分你我。诗的第一小节就是这主旋律的回荡，直到诗的末尾，一次又一次深情地反复咏叹。全诗以轻柔婉转、回环荡漾的优美旋律突出了丁香的意象，更突出了"丁香一样"的女郎形象，使读者仿佛见到这个姑娘在眼前飘过，而且简直就能闻到那浓郁醉人的丁香花气息。

创作《雨巷》时，戴望舒正在震旦大学读书，在法国神父指导下学习法文，读了不少近现代诗人，如雨果、缪塞、魏尔伦、波特莱尔的作品，并且一边创作，一边翻译。《雨巷》这首诗的风格是否与外国诗人的影响有关？比如，它是否有些象征主义的味道？诗里描写的姑娘是否象征着什么？这些是值得研究的。另一方面，这位少女是否有现实的根据，即生活的原型？似乎也应该想到，未可忽略。总之，在考虑了这些问题以后，再来谈论《雨巷》与玉谿诗歌的关系，就可以避免武断，不至于把复杂的问题简单化了。

我觉得，《雨巷》这首诗与义山诗确实是有关系的。最主要的根据就是贯穿全诗的丁香意象及其所营构的意境。这里就要提到李商隐的初恋和他写初恋的一组诗。

李商隐在青年时代曾有过一次刻骨铭心的初恋。那时，诗人结识了一位十七岁少女。她出身商家，父亲长年在外，由于母亲的偏爱，养成她率真热情、酷爱自由的个性。她擅长音乐，吹笛搦管能作幽忆怨断、天风海涛之声，诉说心事几至出神入化的境地。又有极高的悟性，喜爱诗歌，而且偏巧是李商隐的崇拜者。也正是以诗为媒，他们的心灵撞击出了爱的火花。少女将自己衣裳的长带绾成结，隔墙投赠义山并相约了见面的日子。但是，这段初恋没有能够顺利发展。不知出于何种真实原因，他们终于未能见面。李商隐失约，进京赶考，离开了家乡。后来才知道，在商隐走后不久，这个姑娘就被"东诸侯"（镇守东部某地的一个大官）"取"走了。这件事在诗人心头留下深深的痛楚，他写了一组诗，用无限怀恋的痛惜而又无可奈何、只能自寻排解的口吻，唱出了内心的隐痛。这就是有名的《柳枝》诗。这组诗共五首，前有一篇情文并茂、感人肺腑的长序。我们上面讲的恋爱故事，根据的就是它。柳枝是这个少女的名字，不一定是她的真名，很可能是诗人给她取的代名。把美丽婀娜的女子称作或比为柳枝，在唐代是一种习惯做法。《柳枝》诗采用了乐府民歌的形式。南朝民歌，如《子夜歌》《读曲歌》，主题常是表现青年男女的恋情欢爱。李商隐袭用此调来抒发失恋的痛苦当然很合适。这组诗的前两首是：

> 花房与蜜脾，蜂雄蛱蝶雌。
> 同时不同类，那复更相思！

> 本是丁香树，春条结始生。
> 玉作弹棋局，中心亦不平。

第一首说自己和柳枝像蜂和蝶一样，虽然都留恋花和蜜，虽然相爱，但毕竟不是同类，所以不可能有结果。这基本上属于自我安慰，是失恋后的自我排解，却也反映了一种对于出身的偏见。李商隐毕竟出身于官宦人家，而柳枝则是商人家庭，在唐代，他们的阶级和门第是有差距的，对于意欲跻身仕途、在政治上有所作为的士子来说，这样的两个家庭几乎隔着一条难以跨越的鸿沟。是与高门贵姓攀亲，还是任凭感情驱使娶个里巷民女？这须理智地盘算。李商隐爽约的真实原因很难断言，是否就是被这种盘算所否定？不好说，可也并非绝无可能。然而，这么好的初恋情人就这样丢失，又怎能不伤心？李商隐陷入了难以自拔的矛盾痛苦之中，他只能用诗歌来舒泄痛苦，安顿灵魂。

第二首出现了丁香意象，丁香就是用来比喻柳枝姑娘的。李商隐竭力说服自己，不要再去思念柳枝了，可是理智并不能压服情感，他的内心明白，对柳枝深刻而强烈的爱恋，是无法消泯的。他说，柳枝姑娘就像一株苗嫩的丁香树，就像丁香树春来新抽出的枝条上长着的那些花骨朵——也就是含苞欲放的丁香。所谓丁香结，那是青春、美丽和爱情的象征，也是无告的幽怨和凄婉的哀愁之象征。在这一点上，戴望舒和李商隐完全一致。李商隐诗写到丁香的句子还有"芭蕉不展丁香结，同向春风各自愁"（《代赠二首》之一），可能也会给戴望舒一些同感和启发。"玉作弹棋局"句，以古时的弹棋局作比，直诉了诗人心中的愤恨和不平。如果用现代汉语翻译"本是丁香树"两句的诗意，恐怕再没有比戴望舒的《雨巷》更为贴切的了。古诗简约，也更为含蓄，在新诗里就完全可以放开，渲染成"我希望逢着／一个丁香一样地／结着愁怨的姑娘"。"她是有／丁香一样的颜色，／丁香一样的芬芳，／丁香一样的忧愁，／在雨中哀愁，／哀愁又彷徨。"要说李商隐给戴望舒什么影响，从《雨巷》诗对于丁香意象的运用，正可以看出一些端倪。戴望舒和李商隐一样，用丁香比喻所爱所欣赏赞美的少女，丁香不以颜色艳丽、香气浓烈著称，但她温柔恬静，深沉多情，她的清香更为持久悠长，也就更能沁人心脾，入人灵魂。这说明他们在审美观念和价值取向上颇有相通之处。

写到丁香就不能不写丁香结，这个"结"既指含苞欲放的花朵，更双关着爱情的缠结，幽怨的郁结，青春期、恋爱中乃至失恋后的男女们种种复杂感情的纠结。《柳枝》诗中的"结"，实指丁香结，用作名词；《雨巷》中的"结"却是动词，"丁香一样地"也成了状写"结着"的形容词，"一个丁香一样地结着愁怨的姑娘"，变化了，也发展了义山诗的丁香意象，但其渊源关系仍不难看出。

李商隐的《柳枝》诗写的是自己的初恋及其失败，五首诗中，诗人和柳枝总是对举着写的。戴望舒的《雨巷》没有明写恋爱，更不是明写失恋，但诗人同样是把自己放进去，把自己和丁香姑娘在思绪和感情上紧紧地联系起来。渴盼与期待是《雨巷》的一大主题。诗的开端"我希望逢着……"，暗示此前曾经相逢过，且留下深刻而美好的印象，现在在同一个环境（雨巷）中，所以油然升起渴盼再见的思绪。以下诗句在音乐般的回旋中表达思念，同时塑造着女郎形象，把梦境和现实融合了。直到诗末，思念、渴盼和期待仍未结束，留给读者的是悠长无尽的怅惘。戴望舒的感情和表述感情的方式无疑是现代化了，但《雨巷》所营构的意境却令人想起李商隐《圣女祠》："松篁台殿蕙香帏，龙护瑶窗凤掩扉。无质易迷三里雾，不寒长著五铢衣。人间定有崔罗什，天上应无刘武威。寄问钗头双白燕，每朝珠馆几时归？"《重过圣女祠》："白石岩扉碧藓滋，上清沦谪得归迟。一春梦雨常飘瓦，尽日灵风不满旗。萼绿华来无定所，杜兰香去未移时。玉郎会此通仙籍，忆向天阶问紫芝。"都是倾情的赞美，都是无奈的等待，都是刻骨铭心的追忆和梦想，而且都是对着诗人心目中的圣女。

读戴望舒的诗，我觉得，他并不是刻意模拟玉谿诗风，更没有照搬或套用义山诗的词句，他是与李商隐有着真正的心灵相通——这包括个性的某些相似，爱情遭际的某些相同，对女性态度和审美观念的某些相近等等——因而诗风自然地相像。再看戴诗《独自的时候》：

> 房里曾充满过清朗的笑声，
>
> 正如花园里充满过蔷薇；
>
> 人在满积着的梦的灰尘中抽烟，
>
> 沉思着消逝了的音乐。

在心头飘来飘去的是什么啊，

像白云一样地无定，像白云一样的沉郁？

而且要对它说话也是徒然的，

正如人徒然地向白云说话一样。

幽暗的房里耀着的只有光泽的木器，

独语着的烟斗也黯然缄默，

人在尘雾的空间描摹着惨白的裸体

和烧着人的火一样的眼睛。

为自己悲哀和为别人悲哀是一样的事，

虽然自己的梦是和别人的不同的，

但是我知道今天我是流过眼泪，

而从外边，寂静是悄悄地进来。

　　粗粗一看，这首诗和李商隐诗可谓毫无关系，但若仔细从诗境体会，我却发现它和义山的悼亡诗《房中曲》有几分相似。当然，戴诗并无悼亡之意，但未亡者在悼念亡人，特别是撰写悼亡诗时，也必然是独处着；悼亡，一般是纪念追思一个具体的人，但广义地看，追怀某种逝去的事物、情景或氛围，也未始不能视作悼亡，二者是可以有些相像之处的。更重要的是，戴、李二诗所道出的感受——独处者的感受，竟是有许多相通的地方，使我们不能不注意。请看李商隐的《房中曲》：

蔷薇泣幽素，翠带花钱少。

娇郎痴若云，抱日西帘晓。

枕是龙宫石，割得秋波色。

玉簟失柔肤，但见蒙罗碧。

忆得前年春，未语含悲辛。

归来已不见，锦瑟长于人。

今日涧底松，明日山头檗。

愁到天地翻，相看不相识。

这里竟然也写到了蔷薇，而且竟然也写到消逝的音乐——所谓"锦瑟长于人"，不就是指当年的音乐美妙超凡吗？他们的感触是如此相同，真令人不禁要想：是英雄所见略同呢，还是戴受了李的影响？还有，戴诗写到幽暗的房里耀着光泽的木器，李诗则写到逝者留下的石枕玉簟是那样光洁，都是借眼前物忆昔日情。二诗又都是以昔日的温馨快乐，衬托和强调抒情主人公今日的孤独忧伤，用的是同样的抒情手法。凡此种种，均令人不能不想到两位诗人在创作上的渊源关系。

不要说存在不少相关蛛丝马迹的《房中曲》，就是仿佛更不相干的李商隐另一首悼亡诗《夜冷》（"树绕池宽月影多，村砧坞笛隔风萝。西亭翠被馀香薄，一夜将愁向败荷。"）我觉得其意境与戴诗也有某些可以沟通之处。但这就是属于那种可意会而难以（甚至不能）言传的个人感受了，恐怕只能是姑妄言之，姑妄听之罢了。

本章的题目叫"玉谿诗与何其芳"，顾名思义，是要谈他们的关系，尤其是李商隐对何其芳的影响。但我首先要声明的却是：何其芳远非仅仅跟李商隐有关。他对中外文学史有广博深入的了解，仅诗歌的阅读面就非常广，中外古今的诗歌，包括一些外文原作，他都读，有的甚至读得很熟，还翻译过不少外国诗歌。他和二三十年代的大部分新诗作者一样，受到西方现代诗歌极大影响。在中国古诗中，唐诗是他的最爱，对于李白、杜甫、白居易的作品，他如数家珍，他并不是只读李商隐，当然更不会只接受李商隐一个人的影响。他自己就曾说过："所有那些使我沉醉过的作品都是曾经对我的写作发生了影响的。"[①] 如要全面研究何其芳诗文的创作渊源，我们应该写出若干篇的"何其芳与某某"。本文只是取了他与李商隐这个视角，尝试着论述古今两位诗人的创作因缘；从何其芳这边看，是渊源的探索，而从李商隐这边看，也可以说是影响研究。

一

何其芳（1912—1977）是个真正的诗人，不但"少年哀乐过于人"[②]，而且历经磨难，诗心不老，一直保持着一位真正诗人的童真气质。1977年初，他逝世前不久，在《悼郭小川同志》诗中，他还如此钟情地歌唱道："诗是那样光明磊落，/ 射发着理想的纯洁的光辉……"并且情绪高昂地喊出："不是不是，明明我的心 / 还像二十岁一样跳动，/ 别想在我精神上找到 / 一根白发，一点龙钟。"

根据他本人的记述和亲友们的回忆，何其芳聪明早熟，多

---

① 何其芳《写诗的经过》，1956年作。
② 《效杜甫戏为六绝句》之六，1964年作。

愁善感，性格倾向孤独安静。他富于同情心，年幼时胆子很小，"我是一个太不顽皮的孩子，/ 不解以青梅竹马作嬉戏的同伴"①，却常常做着各色各样的梦，酷爱大自然，喜爱温柔而略带忧郁的美丽和深沉感伤的爱情。"小人物呵你一定没有听见，我不过惆怅于我幼时的怯弱而已，那时我不敢走夜路，为的怕鬼物在岩边水边幻作一条路来诱引我，直至如今仍无力正视人生之阴影方面，虽说我自信是个彻底怀疑者，人世的羁绊未必能限制我，但从无越轨的行为，一只飞蛾之死就使我心动。"②个性气质如此的他，青少年时代容易接近李商隐，醉心于李商隐那些感伤而绮丽的诗篇，是很自然而毫不奇怪的。

何其芳的创作生涯开始得很早，现在我们看到的他最早的诗，写于1930年，即他18岁时③。他更早的习作则开始于在四川读高中的时代。1936年，他回顾自己成长和文学创作走过的途程，说在这之前，他是"一个望着天上的星星做梦的人"，他特别难忘创作《燕泥集》中那些小诗的日子，"这一段短促的日子我颇珍惜，因为我做了许多好梦。"他甚至这样概括："我写诗

---

① 《昔年》，1932年作。

② 《岩》，1934年作。

③ 《何其芳全集》第六卷"诗与文补遗"收入他1930年发表于《新月》三卷七期上的《莺莺》一诗，署名萩萩，并署"1930年11月29日清华园"。这是一首短叙事诗。

的经历便是一条梦中道路。"①次年，他为自己的《刻意集》作序，又进一步描绘当时的生活和心境："那时我在一个北方大城中。我居住的地方是破旧的会馆，冷僻的古庙，和小公寓，然而我成天梦着一些美丽的温柔的东西。每一个夜晚我寂寞得与死接近，每一个早晨却又依然感到露珠一样的新鲜和生的欢欣。"并诉说了因"不幸的爱情"而引起的心境变化："我犹如从一个充满了热情与泪的梦转入了另一个虽然有点儿寒冷但很温柔很平静的梦……"不久，他又开始写作并发表散文。他的散文也以写梦见长，第一个散文集取名《画梦录》，他以《扇上的烟云》为题作序说明命名的理由："当我有工作的兴致时就取出（扇子）来描画我的梦在那上面。"——总之，写诗作文均是在"画梦"，也就是驰骋幻想，抒写心灵，用浪漫、超迈而非写实的笔触倾吐种种来自生活的感受，这是作者的自白，也是他早期诗文给读者的鲜明印象。

正是在对"梦"的青睐和以梦想为诗思这一点上，何其芳与李商隐有着深刻的契合之处。

严格说来，无论古今，每一个真正的诗人几乎都是梦想家，

---

① 《梦中道路》，1936年6月作。《燕泥集》是何其芳、卞之琳，李广田三人合集《汉园集》中何其芳诗的总名。

或多少有点梦想家的气息。而李商隐更是一个有名的"白日梦者",一个写梦的大师。他那首通篇合律的七言古诗《七月二十八日夜与王郑二秀才听雨后梦作》,是写梦的奇作、杰作。清人何焯评曰"述梦即所以自寓",冯浩也认为是"假梦境之变幻,喻身世之遭逢"①。依我看,倒不必说得那么实,不如说这首诗是诗人试图以梦境之光热鲜亮反衬并对抗抵消久压于他心头的阴冷暗淡之感,这个梦产生于对现实的反拨,产生于补偿、安慰心灵的需要。诗人的生存处境是那样凄凉困顿,但他的梦境却如此热烈而绚烂:"初梦龙宫宝焰然,瑞霞明丽满晴天。旋成醉倚蓬莱树,有个仙人拍我肩。少顷远闻吹细管,闻声不见隔飞烟。逡巡又过潇湘雨,雨打湘灵五十弦。……"这梦境岂非既是诗人生活真实情景的虚拟对照,又隐含着诗人对现实遭际的不满不平和对理想境遇的想象企盼?大约李商隐痛感世俗生活之冷酷无情,可又无力改变,这才创造出一个热闹友好的仙境用以自慰。年轻的何其芳并没有遭受过李商隐似的坎坷,他的多愁善感、喜好梦想有其天生的成分,他几乎是天生地和李商隐有着心灵的默契,这也就是何其芳诗人气质之所在;同时也

---

① 参刘学锴、余恕诚《李商隐诗歌集解》(增订重排本),中华书局,2004年版,1186—1187页。

有外部生活的原因，那就是他自己说的："我之所以爱好文学并开始写作，就是由于生活的贫乏，就是由于在生活中感到寂寞和不满足。"①

　　义山诗中还有大量的篇章或句子讴歌青春之梦、爱情之梦、实现抱负之梦、怀乡之梦、思亲之梦和人生彻悟皈依宗教之梦。②"梦"字在义山诗中出现的频率很高，诸如"梦到飞魂急，书成即席遥"（《碧瓦》）、"水亭吟断续，月幌梦飞沉"（《摇落》）、"归期过旧岁，旅梦绕残更"（《五言述德抒情诗一首四十韵献上杜七兄仆射相公》）、"重衾幽梦他年断，别梦羁雌昨夜惊"（《银河吹笙》）、"梦为远别啼难唤，书被催成墨未浓"（《无题四首》之一）、"荆王枕上元无梦，莫枉阳台一片云"（《代元城吴令暗为答》）、"远路应悲春畹晚，残宵犹得梦依稀"（《春雨》）、"悠扬归梦惟灯见，濩落生涯独酒知"（《七月二十九日崇让宅宴作》）、"庄生晓梦迷蝴蝶，望帝春心托杜鹃"（《锦瑟》）等，都是语中带梦的名句。李商隐还赋予"梦"以特殊的美感，他把"梦"字作为描述语冠于意欲赞叹之物前

---

① 《写诗的经过》，1956年作。
② 详情请参看拙著《李商隐的心灵世界》下编第一章第一节，上海古籍出版社，1992年版。此处不赘述。

面，"一春梦雨常飘瓦"（《重过圣女祠》），用"梦"状写春日连绵而几至无形的细雨，遂产生了朦胧飘渺的艺术效应，不但使雨获得了轻柔婉约之美，更使"上清沦谪得归迟"的圣女形象也越发神奇曼妙，她的忧愁哀怨也更缠绵深沉，更令人同情。

"梦"也是何其芳早期诗歌中举足轻重的核心意象，他自己的有关陈述前面已择要引过一些，仅从这些自述已可知道，"梦"乃是他那时用美好的幻想以对付不如意的现实生活，使躁动不安的心灵暂获平静宁帖的一种心理良方，也是他倾诉满腔诗情的艺术武器。和李商隐相仿，爱情是何其芳"梦"的主题，热恋带来欢乐，失恋伴着忧伤，还有韶华易逝的悲哀，但这些梦归根到底是美丽的、缠绵温柔而又有所向往有所追求的，因而是年轻的，充满着生机与活力的。翻开他早年的诗集《预言》，扑面而来的是一首首爱情之梦的吟唱，"梦"字几乎在每一首诗中出现，在有的诗中还是反复出现。先请看《预言》第一至第四首中的几个段落：

> 我将合眼睡在你如梦的歌声里，
>
> 那温暖我似乎记得，又似乎遗忘。
>
> ——《预言》，1931

呵，那是江南的秋夜！

深秋正梦得酣熟，

而又清澈，脆薄，如不胜你低抑之脚步！

——《脚步》，1932

但是谁的一角轻扬的裙衣，

我郁郁的梦魂日夜萦系？

——《秋天（一）》，1932

我饮着不幸的爱情给我的苦泪，

日夜等待熟悉的梦来覆着我睡，

不管外面的呼唤草一样青青蔓延，

手指一样敲到我紧闭的门前。

——《慨叹》，1932

再看一首诗中反复用"梦"的例子：

我的怀念正飞着，

……

飞到你的梦的边缘，它停伫，

……

守望你眉影低垂，浅笑浮上嘴唇，

……

当虹色的梦在你黎明的眼里轻碎，

化作亮亮的泪，

它就负着沉重的疲劳和满意

飞回我的心里。

——《祝福》，1932

在这些之后，更有以《我埋一个梦》《给我梦中的人》《梦歌》《梦后》为题来抒写柔美缥缈爱情的诗篇。而在1933年写的《柏林》一诗中，他向童年和家乡告别，用了这样的句子来结束：

从此始感到成人的寂寞，

更喜欢梦中道路的迷离。

何其芳散文所写的"梦"范围较宽，虽然大部分文章是抒情独白和关于人生命运的哲理思考，但因为他有意识地"以散文叙述故事"①，所以也有不少篇章触及了他身外的世界，较宽广地表现了诗人悲天悯人的胸怀。即以散文集《画梦录》而论，其第一篇《墓》，哀悼一位十六岁夭折的农家女美丽的灵魂，第二篇《秋海棠》代一个思妇倾诉她的寂寞孤苦，《哀歌》为困居于闺阁中的年轻女子鸣不平，而《丁令威》《淳于梦》《白莲教某》三篇则形成一组历史叙事，以叙代评，夹叙夹议，犹如义山诗中的咏史一体。到了《刻意集》《还乡杂记》，何其芳的创作愈益表现出对宏大叙事的兴趣，不过，他到底没有去写故事性情节性强的长篇小说或多幕剧，而仍然致力于抒写他融汇着诗意和哲思的形形色色的"梦"。《王子猷》雪夜访戴是清高孤独、与大自然契合的梦，《夏夜》是以自己的诗《预言》贯穿的爱情之梦；只是视野和规模扩大了一些，这才有了《呜咽的扬子江》《县城风光》《我们的城堡》等篇章。

即使在参加革命以后，何其芳的诗也仍然与"梦"结有不解之缘，"梦"是他表述理想和愿望的得力工具，只是这时的梦已不再是个人的幻梦，而是人民的、阶级的梦想了。1946年在重

---

① 《刻意集·序》，1937。

庆，他写了《新中国的梦想》，热情地呼唤"新中国呵，百年来的梦想中的新中国呵"；1952年在北京，他讴歌新生活，又写道："唯有共同的美梦，共同的劳动／才能够把人们亲密地联合在一起，／创造出的幸福不只是属于个人，／而是属于巨大的劳动者全体①。这时，何其芳是自觉地代表着"劳动者全体"而歌了，这当然是李商隐所不可想象的。

不能说何其芳爱好做梦一定是或仅仅是受了李商隐的影响，但爱做梦、善写梦、把梦境与诗情密切完美地融合到如此程度，却实实在在是他俩的共同特点。而且虽然时代相隔千载以上，谁又能说他们的梦境就毫不相通？对于爱情的渴望和幻想，对于青春年华的珍视和惋惜，对于世俗和不如意的现实所造成的心理压抑之反感，对于精神困厄的执着反抗和心灵自由的热烈追求，对于许多过往或未来之事、可望而难即之境的想象构拟，这些"人的欲念"（不仅仅是诗人，而是一切人的欲念）都在他们的梦境中舒泄和张扬了。在这种种方面，不能不说两位诗人有着深刻的相契之处。

---

① 《回答》，1952。

二

我们相信何其芳确与李商隐有着某种因缘关系，另一重要根据还在于他们所擅长的诗体虽有古今、新旧之不同，但在诗歌选题、取象、设色、造境等方面却表现出某些共同趣向。这是一些属于诗歌艺术的更实在、更具体、更易于检验的方面。我们看到，何其芳确实受到过李商隐的影响。

李商隐诗有六百首之多，内容、风格富于变化，非常丰富多彩，何其芳并不是全面地学他像他，比如何其芳就没有写过《韩碑》《骄儿诗》《偶成转韵七十二句赠四同舍》一类题材和风格的诗，也没有某些谑笑嘲讽、敷衍应酬乃至逢场作戏的诗。何其芳之欣赏李商隐，是欣赏他的基本风格，学李商隐是学他锤词炼句的方法而不是死学他的一词一句；何其芳之像李商隐，虽只是像他的某个方面，却是像了李商隐成为李商隐的最根本方面。李商隐诗各体均有佳作，但以七律最能代表其主体风格，前人的评价有这样一些常见用语，如"高情远意""精密华丽""雕镂巧丽""包蕴密致""绮密瑰丽""对多精切，语多瑰丽"以及"气韵香甘"等等，意见相当集中，基本上是一致认为其用意细密，境界幽奇，而字词意象则绮丽秾艳、色彩斑斓。^①何其芳早年不少诗的构思、景象、意境与之极为相似。

李商隐的《滞雨》："滞雨长安夜，残灯独客愁。故乡云水地，归梦不宜秋。"《夜意》："帘垂幕半卷，枕冷被仍香。如何为相忆，魂梦过潇湘！"或如《端居》："远书归梦两悠悠，只有空床敌素秋。阶下青苔与红树，雨中寥落月中愁。"《月夕》："草下阴虫叶上霜，朱栏迢递压湖光。兔寒蟾冷桂花白，此夜姮娥应断肠。"这样一类诗的色彩、景象、意境，我们在何其芳诗中就能清楚看到。例如他的《昔年》诗开头这样写道：

> 黄色的佛手柑从伸屈的指间
>
> 放出古旧的淡味的香气；
>
> 红海棠在青苔的阶石的一角开着，
>
> 像静静滴下的秋天的眼泪；
>
> 鱼缸里玲珑吸水的假山石上
>
> 翻着普洱草叶背的红色；
>
> 小庭前有茶漆色的小圈椅

---

① 这些词语分别出自范温《潜溪诗眼》、叶梦得《石林诗话》、曾季狸《艇斋诗话》、葛立方《韵语阳秋》、敖陶孙《臞翁诗评》、范德机《木天禁语》及许学夷《诗源辨体》等书对李商隐七律的评价。

曾扶托过我昔年的手臂。

……

不但思乡怀旧的意绪，而且取景和遣词，都颇具义山诗风。最显眼的是设色，何其芳有着李商隐似的五彩斑斓，短短的几行，黄色、不同的红色（海棠之红与普洱草叶背之红是不一样的）、青绿色、茶漆色，一一呈现，几乎让人目不暇接。"红海棠"二句与《端居》"阶下青苔"二句渊源关系更是一目了然，无可否认。类似的例子可以举出很多，像《圆月夜》："圆月散下银色的平静，/浸着青草的根如寒冷的水。/睡莲从梦里展开它处女的心，/羞涩的花瓣尖如被吻而红了。/夏夜的花蚊是不寐的，/它的双翅如粘满花蜜的黄蜂的足，/窃带我们的私语去告诉茸茸的芦苇。"像《古城》："邯郸逆旅的枕头上/一个幽暗的短梦/使我尝尽了一生的哀乐。/听惊怯的梦的门户远闭，/留下长长的冷夜凝结在地壳上。"——这里，绝不是死搬硬套，照抄词句，但细吟之，一种追忆、失落、惆怅、感伤的情味和对这情味的美的升华，却令人感到与李商隐诗意趣的相通。至于像《祝福》诗："青色的夜流荡在花阴如一张琴。/香气是它飘散出的歌吟。/我的怀念正飞着，/一双红色的小翅又轻又薄，/

但不被网于花香。"将怀念之思形象化为"一双红色的小翅又轻又薄"的蜂蝶之类，与李商隐《燕台诗·春》在诗思和比拟上的相同——该诗起首云："风光冉冉东西陌，几日娇魂寻不得。蜜房羽客类芳心，冶叶倡条遍相识。"正以蜜蜂的营营飞舞状写爱情的寻觅和念想；像《梦歌》诗："你裙带卷着满空的微风与轻云，/流水屏息倾听你冷冷的环佩。"意象的择取和表现的视角，从李商隐《楚宫二首》之一"已闻佩响知腰细，更辨弦声觉指纤"所受到的启发，都应该是更显而易见的。

何其芳不但是才华洋溢的诗人，而且是优秀的散文家，有人甚至认为他散文的成就超过诗。他的《画梦录》中一些诗味十足的篇什曾由沈从文推荐而获得天津《大公报》的文艺奖，这些散文更到处闪现着义山诗风的影子：忧郁感伤，缠绵悱恻，精雕细刻，典丽秀雅，总之是沉博绝丽，深情绵邈。限于篇幅，这里不再赘引。

何其芳诗文之所以会烙有义山诗风的某些印记，并非偶然，他曾那样地迷醉于晚唐五代的诗词，不受熏染和影响才是奇怪的。在1936年写的《梦中道路》一文中，他回顾学生时代阅读和习作的经历："这时我读着晚唐五代时期的那些精致的冶艳的诗词，蛊惑于那种憔悴的红颜上的妩媚，又在几位班纳斯派以后的法兰西诗人的篇什中找到了一种同样的迷醉。"——李商隐虽非唯一，但毫无疑问应在其中。文中说到，他从小就对文字之美有一种超人的敏感，"我从童时翻读着那小楼上的木箱里的书籍以来便坠入了文字魔障。我喜欢那种锤炼，那种彩色的配合，那种镜花水月。""我惊讶，玩味，而且沉迷于文字的彩色，图案，典故的组织，含意的幽深和丰富。"——这种阅读态度显然最适用于读李商隐，而且不妨认为，这样的倾向和趣味就是在读李商隐时逐渐培养起来的。文中还说到："我喜欢读一些唐人的绝句，那譬如一微笑，一挥手，纵然表达着意思但我欣赏的却是姿态。""我从陈旧的诗文里选择着一些可以重新燃烧的字。使用着一些可以引起新的联想的典故。一个小小苦工的完成是我仅有的愉快。"——这里的"唐人的绝句""陈旧的诗文"当然并不专指李商隐的作品，而是范围颇广，但若说包含了李商隐（以及风格近似的温庭筠），恐怕不会远离事实。他后来就承认过："我记得我有一个时候特别醉心的是一些富于情调的唐人的绝句，是李商隐的《无题》，冯延巳的《蝶恋花》那样一类的诗词。"[①]虽然他接着就对此作了自我批判。《梦中道路》文中还有一段话，对"现在有些人非难

---

① 《写诗的经过》，1956 年作。

着新诗的晦涩"作答：

> 除了由于一种根本的混乱或不能驾驭文字的仓皇，我们难于索解的原因不在作品而在我们自己不能追踪作者的想象。有些作者常常省略去那些从意象到意象之间的链锁，有如他越过了河流并不指点给我们一座桥，假若我们没有心灵的翅膀，便无从追踪。

这里讲的是读解诗歌的一种经验，是就某些难懂的新诗而言，但我怀疑这与何其芳读李商隐的体会有关，或扩大一点，与他读包括李商隐在内那些被认为晦涩难懂的中外诗人，特别是中外象征派诗人的体会有关。值得注意的是，这经验对于今天读解李商隐和何其芳也很用得着。

早年的何其芳曾在《新月》和《现代》等刊物上发表作品，加上他诗歌的鲜明风格，所以在新诗史上，一般被当成现代派诗人看待①。而所谓现代派，用当年《现代》主编施蛰存的话来说，则是"现代人在现代生活中所感受的现代的情绪，用现代

---

① 请参龙泉明《中国新诗流变论》，第292—323页，人民文学出版社，1999年版。

的词藻排列成的现代的诗形"①。一连串的"现代"，着意强调的，是他们与古典无关。自然，这种宣言式的说法，是有其特殊背景的，是有的放矢的，所以只强调了问题的一个方面。20世纪50年代的何其芳就说得更客观："尽管我过去写的绝大多数都是自由诗，很像受外来的影响更深更多，然而在某些抒写和歌咏的特点上，仍然是可以看得出我们的民族诗歌的血统的。"②

我读何其芳1936年以前的诗文，得到的总体印象如下：取材多为个人生活和身边事物，所写的景象谈不上阔大雄伟，对平常琐细的事物却有精密的观察和细腻的刻画，抒发的感情远非阳刚，而是非常缠绵悱恻，充满失落和怅惘之绪，诗中往往弥漫着一股莫名的悲愁，散发出淡淡的忧伤和浓挚的柔情，其文字则秀丽清雅细腻，而且几乎精致绝伦，显然全都下过精雕细琢、锤词炼句的苦功。拿这印象与中国诗史，特别是唐诗史上的各种流派比照，我感到早期的何其芳颇有点像中晚唐作风纤仄的苦吟派；而且，他自己不也把写诗看作"小小的苦工"，说"有一

---

① 施蛰存《又关于本刊中的诗》，《现代》第四卷第一期，1933年11月。转引自王钟陵主编《二十世纪中国文学史文论精华》，河北教育出版社，2000年版。

② 《写诗的经过》，1956年作。

个时候我成天苦吟"①，"一篇两三千字的文章的完成往往耗费两三天的苦心经营，几乎其中每个字都经过我的精神的手指的抚摩"②。然而，再一细辨，又觉得作诗的态度虽像，作出来的诗却又并不一样，何其芳不像孟郊那样啼饥号寒，不像贾岛那样枯窘生涩，甚至也不像姚合那样清淡寡味，相反，他的诗读来流畅柔美，优雅清丽，有的还可以说相当秾艳瑰奇，情绪虽不昂奋，意境虽不雄阔，但仍然有光明，有温暖甚至有丰腴和健壮，与"郊寒岛瘦"的苦寒肃杀况味相去甚远。所以，我以为倒是更接近李商隐——须知李商隐吟诗作文也属勤苦用功一路，不像李白那样出口成章、倚马可待，也不像温庭筠能够"八叉手而八韵成"③，其"獭祭鱼"的外号就因喜爱翻检书册、使用僻典而来④，而经熔铸后从其笔端流出的诗歌却以绮丽优美见长，青年何其芳的创作与李商隐诗的主导风格（此因李商隐诗风多样而言）有着不少共同之处，他们对诗歌的意象美、语言美、韵律美有着近乎痴迷的追求。如果说杜甫写诗是以"语不惊人

---

① 《我和散文》，1937 年作。
② 《刻意集·序》。
③ 见计有功《唐诗纪事》卷五四，上海古籍出版社，1987 年版。
④ 曾慥《类说》卷五三引《杨文公谈苑》，宋吴炯《五总志》均有李商隐为文多检阅书册（史），鳞次堆积，时号"獭银祭鱼"的记载。

死不休"为目标，那么李商隐和何其芳都可以说是语不美艳死不休的诗人。

三

何其芳的诗创作在 1936 年前后发生了重大变化，即从早年局限于歌吟个人忧乐走向关注国家和民族的命运。日本侵华的严重态势，"一二·九"运动的有力感召，使一个正直的有良心的诗人惊醒而奋起了，这时候他还没有参加革命，更不是共产党员，但他已宣布："我再不歌唱爱情／像夏天的蝉歌唱太阳。""从此我要叽叽喳喳发议论：／我情愿有一个茅草的屋顶，／不爱云，不爱月，／也不爱星星。"① 此后，他和几个同志做了一些实际工作，写了《成都，让我把你摇醒》等诗文，再后来，他就奔赴延安，投身到民族解放的伟大事业中去了。据熟悉他的朋友说，从此何其芳简直像变了一个人，革命热情高涨，自觉地改造着知识分子腔，虽仍从事文艺工作，也未彻底放下诗笔，但他主要已是一个党的干部，生活经历和思想感情都发

---

① 引文分别见《送葬》《云》，作于 1936—1937。

生了巨大的、根本性的变化。在参加了1942年的延安整风运动以后，他对从前的创作，包括抗战以来的诗，做了严格的自我批评。他说诗集《夜歌》"里面流露出许多伤感、脆弱、空想的情感"，"现在自己读来不但不大同情，而且有些感到厌烦与可羞了"[①]。如此自我否定，打着整风语言的鲜明烙印，是我们曾经很熟悉的。但平心而论，1936年以来，何其芳的诗已经有了不小的变化，他几乎完全摆脱了缠绵悱恻的低吟，越到后来就越有意识地以诗作昂扬激进的革命鼓吹，有时甚至不免口号化起来，固然激情不衰，真诚依旧，但已不复有他早年的清纯、绮丽、优雅和精致。对于这一变化在新诗史和何其芳创作生涯上的意义和评价，学术界有着许多不同看法，何其芳本人也为自己思想前进的同时艺术退步而痛苦不已[②]。这里只想指出一点，那就是何其芳一变倾心抒写自我而把眼光更多地投注于身外的世界，一变温柔细腻的歌吟而为革命的呼喊，的确付出了失去已形成的个人独特风格的代价，但他的诗所反映的生活面是大大开阔了，较多地出现了与时代、国情、民生乃至与革命、与民族命运有关的内容，与时代的主流贴近了，感情也粗壮浑厚了许多。这种由客

---

① 《夜歌》初版后记，1944年作。
② 《何其芳散文选集·序》，1956年作。

观环境所决定的自我改造，是上个世纪中国好几代知识分子的共同道路、共同命运，何其芳是在这条道路上走得比较自觉，因而也是比较幸运的一位。

问题是，这样的变化是不是使何其芳远离了李商隐呢？如不细想，很可能会作出肯定的回答。可是实际上情况并非如此，相反，倒使何其芳从另一个方面与李商隐发生了瓜葛。

李商隐六百首诗中，政治性强的不少，有反映民生疾苦的，如《行次西郊作一百韵》；有批评朝政时事的，如《有感》《重有感》《哭刘蕡》等；有忧虑边疆安危的，如《井络》《杜工部蜀中离席》；有借古讽今影射现实的，如《咏史》《览古》《南朝》《隋宫》等；甚至有把讥刺鞭挞的矛头指向皇帝的，如《马嵬》《华清宫》《骊山有感》之类。简言之，这是儒家世界观尤其是正统的儒家文学观使然。李商隐虽不像白居易那样明确主张以诗歌为上言进谏、补偏救弊之具，所谓"惟歌生民病，愿得天子知"，所谓"文章合为时而著，歌诗合为事而作"，但他也是秉承四始六义、比兴寄托之类文学传统，并认真付诸实践的，所以政治诗在义山全部作品中占了不小的比例。何其芳早期创作政治考虑极少，没有能与李商隐政治诗相比较的作品，然而，参加革命以后却有了，不但有了，而且成了创作的主导方面，只要看看这些诗题就清楚了：《我把我当作一个兵士》《革命——向旧世界进军》《让我们的呼喊更尖锐一些》。何其芳的转变及其创作的思想基础是建立在现代人（而且是个革命者）的生活感受和马克思主义理论之上，与一千多年前的李商隐的情况迥不相同；然而，在以文艺充当政治之工具的抽象理念上，却有着内在的深刻联系。我们当然不必也不应把何其芳的这种转变说成是受了李商隐的影响——实际上当然也不是，这其实是中国古今诗人自屈原以来的一种传统，也是历来载道文学观的一种反映。何其芳步入文坛之初是个没有多少政治性的浪漫诗人，投身革命以后，从思想到感情到行事处世、对人对己的态度，都发生了重大变化，他曾在诗中用如此"政治的"口吻说："除了对革命忠实，／服从党的统帅，／我没有什么建树，／却不少失误和挫败……"①。政治性大大加强，就是这种变化在创作上的表现，而在革命政治的名义下，却又与以载道为宗旨的儒家文学传统殊途同归或至少是有所会通。这实在是一件非常有意思而且值得深思的事。

1938年以后直到老年，何其芳已不再是一个单纯的诗人，看他所写的新诗，他似乎与人们熟悉的义山诗风离得远了。然

① 《我梦见》，1974年作。

而，实际上，他与李商隐的因缘却没有也不可能断绝。也许一个人只有到了老年才会更多、更无顾忌地显露出他的本性和底色，何其芳对李商隐的喜爱也可以说是老而弥笃，老而愈显的。下面让我们按时间顺序对此作一简略检阅：

1958年，正是全民"大跃进"的岁月，其在文化上的表现是掀起了一场"新民歌运动"。何其芳并不反对这场运动，却因写了一篇《关于新诗的百花齐放问题》，从诗歌形式角度对民歌体的局限发表了一点意见，就被诬为"轻视新民歌"而遭到了全国性的围攻。当时许多人养成了闻风而动的习惯，发现一个斗争对象便一拥而上，大施挞伐；于是何其芳的罪名不断升级，颇为吓人。次年1月、3月，忍无可忍的何其芳连撰二文予以反击，他义正词严而又从容不迫地舌战群儒，这两篇长文对全国狂赞新民歌的热昏局面和墙倒众人推的恶俗泼了一瓢冷水，不但彼时，就是今日读来依然大快人心。其实就在这前后，何其芳正应诗歌爱好者之请做着一件事，就是选择一些好诗加以讲析，写成深入浅出的短文，以帮助大家提高诗歌鉴赏力（这些文章结集出版，就是后来的《诗歌欣赏》）。作为首选对象的，恰恰就是新民歌作品，而且一连几篇，都是讲的各族群众诗歌，直到第五篇，他才让欣赏的航船"从这一个海洋走进另一个海洋——我国古典诗歌的海洋"。如果真是"轻视新民歌",他怎会这样做?

说过这段插话,我们再回到何其芳与李商隐的问题上来。因为我注意到,在选讲古典诗歌时,他首选了杜甫,接着是李白和白居易。这之后如果继续选唐诗,可选的就多了,韩愈、柳宗元、刘禹锡声名都很大,佳作也多;可是,何其芳跳过了他们,特意将李贺、李商隐合写为一篇。他选的是李贺的《李凭箜篌引》和《开愁歌》,李商隐则是三首《无题》("昨夜星辰""相见时难"凤尾香罗)。该文一开头就写道:"唐朝有两个诗人,他们的作品很有特色,历来受到推崇,近来却被有些人称为唯美主义的作家,以至被否定——他们就是李贺和李商隐。"这里虽然只是提出问题,但从叙述语气中已可看出,他显然不同意把二李打成"唯美主义",他对时尚"左"的风气是不满的。文章快结束处,他在申说了对二李诗的"长处弱点"要"区别对待"后,强调:"然而我们并不能否定李贺和李商隐这样一些作家的贡献。在我国的文学史上他们不是伟大的诗人。但在一般有名的诗人当中,他们仍是比较杰出的。"接着,他披露了毛泽东喜欢"三李"(李白、李贺、李商隐)的情况,从而有力地支持了上述观点。这篇文章写得比此前诸篇要长,笔下

充满感情，是何其芳格外用心之作。若是考虑到它的写作时间
（1958年4月24日）和时代背景，我们就更能体会出何其芳对
李贺和李商隐顽强的挚爱了。

　　1964年11月，何其芳作《有人索书因戏集李商隐诗为七绝
句》。集句为诗可以是借他人酒杯浇自己之块垒，也可以是用他
人诗句来夫子自道，像七绝句的第一首即属后者："日下繁香不
自持，春兰秋菊可同时？狂来笔力如牛弩，自有仙才自不知。"
四句原分属李商隐的四首诗，何其芳借来集成一绝，构成了一个
崭新的完整意境，隽永地表达了他对时代、历史的看法和他的
自我估价，特别是后一联，借用义山《偶成转韵七十二句赠四同
舍》和《东还》中豪情洋溢的句子，宣告了他对自己诗歌才能的
充沛信心。集句的基本条件是对素材的精熟，由此七绝句不难
推知何其芳对义山诗喜爱和熟悉的程度。

　　此后，何其芳作旧体诗的兴致日高，常有试作。1975年5—
7月，作七律《忆昔》十四首、《偶成》三首，诗格有意模仿杜甫
风范，但亦可见与老杜一脉相承的义山之影响。如《忆昔》其
六的首联："见说文章流与源，深知枯窘不由天"。句式和意味
均颇似义山《行次西郊作一百韵》中的"又闻理与乱，系人不系
天。"又如《忆昔》其十四的"已有谁人承鲁迅，更期并世降檀

丁（但丁）。春兰秋菊愿同秀，流水高山俱可听"二联，也使人想起义山爱用的两种句式^①。而《偶成》其二的"起舞鸡鸣思祖逖，迷离蝶梦笑庄周"，则从字面就可看出与义山的渊源。

　　1976年9月，何其芳作《杂诗》十六首^②，均为七言绝句，取题之法一如老杜、义山，每篇用首二字为题。第一首《蛾眉》小注云："一九七六年九月五日梦中得句云：'蛾眉皓齿楚宫腰'，醒后足成一绝。"他在梦中所得之句，似即与平日所诵的义山诗有关，如义山《碧瓦》有"无双汉殿鬓，第一楚宫腰。"又《柳》诗："灞岸已攀行客手，楚宫先骋舞姬腰。"更有《梦泽》："梦泽悲风动白茅，楚王葬尽满城娇。未知歌舞能多少，虚减宫厨为细腰。"应该都为何其芳的梦境提供了素材。第六首《青天》，作者小注明确说出为受义山《嫦娥》诗启发而作。而1977年之《太白岩》七律之二，首句即袭用义山《漫成五章》其二之成句"李杜操持事略齐"（何其芳诗作"事略同"）。同时更有标明

① 如前联的句式与义山《赠刘司户蕡》"已断燕鸿初起势，更惊骚客后归魂。"《对雪二首》其二："已随江令夸琼树，又入卢家妒玉堂。"《野菊》："已悲节物同寒雁，忍委芳心与暮蝉。"《楚宫二首》其一："已闻佩响知腰细，更辨弦声觉指纤"相同。表现递进增强意味；次联与《二月二日》："花须柳眼各无赖，紫蝶黄蜂俱有情"句式相同，为并列态势。这种地方的相同或相似未必是有意的模仿，多半是熟读后自然的汲取。

② 此据中国社会科学院文学研究所编六卷本《何其芳文集》，人民文学出版社，1982—1984。河北人民出版社的《何其芳全集》收《杂诗》仅十首，无《青天》。

"戏效玉谿生体"的七律《锦瑟》二首,诗云:

一

锦瑟尘封三十年,几回追忆总凄然。

苍梧山上云依树,青草湖边月堕烟。

天宇沉寥无鹤舞,霜江寒冷有鱼眠。

何当妙手鼓清曲,快雨飐风如怒泉。

二

奏乐终思陈九变,教人长望董双成。

敢夸奇响同焦尾,唯幸冰心比玉莹。

词客有灵应识我,文君无目不怜卿。

繁丝何似绝言语,惆怅人间万古情。

这里虽然用了温庭筠的一个成句("词客"句),但却是更有意识、更全面地"效玉谿生体"。关于这两首诗,还有一段趣事:何其芳把它们抄给几位爱诗的同事看,骗他们说这是古人的作品,请他们查找作者并解释诗意。大家忙了一通,自然找不到正确答案，最后还是由何其芳自己揭开了谜底①。这期间，人们虽然议论纷纷莫衷一是，但基本上都承认，这两首诗确实有那么一点玉谿生的味道。为什么大家会有这种相似的感觉呢？我想大致有几方面的原因。首先是诗体采用七律，这是义山最擅长最多用也最见特色和功力的体式；其次是题目，用的是义山压卷之作《锦瑟》——这几乎已是义山的"专利"了；再次是诗中所用的字词意象多见于义山诗，"锦瑟"自不用说了，他如"云依树""月堕烟""鹤舞""霜江""鱼眠""玉莹""繁丝"及女仙董双成等，也多具义山面目。从整句来看，则是稍作点化，像"苍梧"一联，颇令人想起义山"思子台边风自急，玉娘湖上月应沉"（《出关宿盘豆馆对丛芦有感》）、"三更三点万家眠，露欲为霜月堕烟"（《夜半》）等句；最后，也是最重要的，是整首诗追忆往昔、惘然若失的意境和用词华丽而感伤凄婉的格调有似于义山。这几点不知是否能被普遍认同，我只是想强调，何其芳此举说明他对李商隐诗的喜爱确实是老而弥坚，主观上是如此，客观上，他模仿义山诗格也确有相当功力。如果以上所说能够成立，那么，应该说，何其芳和李商隐在诗歌创作上的因缘是

---

① 请参中国社会科学院文学研究所编《衷心感谢你——纪念何其芳同志逝世十周年》一书中荒芜的文章，上海文艺出版社，1987。

不浅的。

谈论古今诗人的因缘或曰渊源关系，承继关系，特别是谈古代诗人给予后人的影响，属于文学史研究中的接受研究，是一个尚待开掘的新鲜课题。但做起来有相当的难度，弄得不好会把复杂的问题简单化，找不到后学者的自述固然麻烦，过于相信后学者的自述，也容易产生偏信。另一个关键则在于"关系"和"影响"难于实证，字词意象的相同还比较具体实在，意境风格的相似相近，就主要靠读者的领会感悟，从而极易仁者见仁，智者见智，一种看法要谈得合情合理、比较科学，取得普遍的认同，不是容易的事。然而，古今诗人之间的影响承继关系是一种客观存在，对于一位古代诗人来说，这乃是他的接受史（实为被接受史）最重要的部分，对于他在文学史上的评价和地位有着直接的实质性的影响；而对于一位现代诗人来说，则是他的诗学渊源、文学血脉的重要部分，是全面准确深入地理解他、阐释他的重要前提。对于这样的课题，我们多花费一点气力还是值得的。

我们的漫谈该结束了。

这次，我们从李商隐对花草虫鱼和他对女性美的歌赞等方面聊了李商隐的诗，我们也聊了李商隐诗艺术风格的种种方面，还聊到了现代诗人跟李商隐诗的因缘，不知不觉"十日"很快就过去了。

但李商隐是说不完的，只要有机会，不但我们可以接着聊，相信还会有更多的人愿意参加进来一块儿聊。

这不仅因为李商隐诗有600篇，数量够多，而且这些诗形式多样，内容丰富，艺术精湛，蕴含深邃，可供反复吟玩，细究深挖，一读一回新而几乎无有穷尽。只要看一下，自李商隐有生之年至今，时间过去了1200多载，世上出现过多少探究他、阐释他、分析他的书籍和文章啊。他的作品又产生过多少版本，包括选本啊！而且可以预见，李商隐诗歌新的注释本、选注本和研究论著还正在酝酿和生产之中，还会源源不断地出现。李商隐诗的读者圈在更新，在扩大，已经不限于中国而走向世界。新的读者文化背景复杂，知识储备有异，读解视角多样，这样广泛的读者群，遇到内涵奥妙深刻的李商隐诗，会碰撞出怎样灿烂的思想火花来，岂是我们能够限定和预料的！

更何况，李商隐还有数百篇文章（包括散文和骈文），特别是他自己曾为之呕心沥血、因此非常看重的骈体章奏，所谓"樊南四六"。历史学家范文澜肯定它们是唐代唯一值得保存的四六文章（《中国通史简编》）。对它们，我们还研究得非常不够，其中还有着宝贵的艺术矿藏有待开采呢。

如果说英国的莎士比亚说不完，俄国的托尔斯泰说不完，中国的曹雪芹说不完，那么，我可以负责任地说：李商隐也是说不完的。

如此说来，这本书的讲述虽告一段落，但我们是后会有期啊！我们不见不散。